O CAPITÃO VENENO
e
O PREGO

Pedro Antonio de Alarcón

O CAPITÃO VENENO
e
O PREGO

Pedro Antonio de Alarcón

1ª edição

Curitiba
2009

SUMÁRIO

O CAPITÃO VENENO..7
Carta a D. Manuel Tamayo y Baús..............................9
Primeira parte..11
Segunda parte...33
Terceira parte..53
Quarta parte..77

O PREGO..103

O CAPITÃO VENENO

Ao Senhor D. Manuel Tamayo y Baús,
Secretário perpétuo da Real Academia Espanhola.

Meu muito querido Manuel:

Há algumas semanas que, entretendo nossos ócios caniculares nesta sossegada vila de Valdemoro, de onde já vamos regressar à vizinha corte, tive que fazer referência a você sobre a história de *O Capitão Veneno*, tal e como vivia inédita no arquivo da minha imaginação; e recordará que, muito empenhado no assunto, incentivou-me com vivas instâncias a que a escrevesse, na certeza (foram tão bondosas palavras) que me daria matéria para uma interessante obra.

Já está a obra escrita, e até impressa; e aí lha envio. Celebrarei não haver frustrado suas esperanças; e, se por acaso não, e lha dedico estrategicamente, pondo sob o amparo de seu glorioso nome, já que não a forma literária, o conteúdo, que tão bom lhe pareceu, da história de meu Capitão Veneno.

Adeus, generoso irmão. Sabe quanto o quer e admira seu afetuoso irmão menor,

Pedro.

Valdemoro, 20 de setembro de 1881.

Primeira parte

FERIDAS NO CORPO

I – Um pouco de história

Na tarde de 26 de março de 1848, houve tiros e facadas em Madri entre um punhado de civis que, ao morrer, lançavam o até então estrangeiro grito de *Viva a República!*, e o Exército da Monarquia espanhola (trazido ou criado por Ataulfo, reconstituído por D. Pelayo e reformado por Trastamara), de que nessa ocasião era visível, em nome de Dona Isabel II, o Presidente do Conselho de Ministros e Ministro da Guerra, D. Ramón Maria Narváez...

E basta com isso de história e política, e passemos a falar de coisas menos sabidas e mais amenas, as quais deram origem ou oportunidade àqueles lamentáveis acontecimentos.

II – Nossa heroína

No andar de baixo da esquerda de uma humilde mas

graciosa e limpa casa da *Calle de Preciados*, rua muito estreita e retorcida naqueles tempos, e palco da peleja em tal momento, viviam sós, isto é, sem a companhia de nenhum homem, três boas e piedosas mulheres, que muito se diferenciavam entre si quanto ao físico e estado social, posto que eram uma senhora mais velha, viúva, guipuzcoana[1], de aspecto sério e distinto; sua filha, jovem, solteira, natural de Madri e bastante bonita, ainda que de tipo diferente ao da mãe (ao que dava a entender que havia saído em tudo a seu pai); e uma doméstica, impossível de dizer a filiação ou descrever, sem idade, figura nem quase sexo determináveis, batizada, até certo ponto, em Mondonhedo[2], e à qual já fizemos imenso favor (como também o fez aquele senhor Padre) em reconhecer que pertencia à espécie humana...

A mencionada jovem parecia o símbolo ou representação, viva e de saias, do sentido comum: tal o equilíbrio que havia entre sua beleza e sua naturalidade, entre sua elegância e sua simplicidade, entre sua graça e sua modéstia. Facílimo era que passasse inadvertida pela via pública, sem alvoroçar os galanteadores de ofício, mas impossível que ninguém deixasse de admirá-la e apaixonar-se de seus múltiplos encantos, logo que fixasse nela a atenção. Não era, não (ou melhor dizendo, não queria ser), uma dessas beldades chamativas cheias de aparatos, fulminantes, que atraem todos os olhares

---

[1] Guipuzcoano: quem nasceu em Guipúzcoa, província da Comunidade Autônoma do País Basco, Espanha.
[2] Mondonhedo: município da província de Lugo, Comunidade Autônoma da Galícia, Espanha

não bem se apresentam em um salão, teatro ou passeio e que comprometem ou anulam ao pobre que as acompanha, seja noivo, seja marido, seja pai, seja o próprio sacerdote João das Índias... Era um conjunto sábio e harmonioso, de perfeições físicas e morais, cuja prodigiosa regularidade não entusiasmava de pronto, como não entusiasmam a paz nem a ordem; ou como acontece com os monumentos bem proporcionados, onde nada nos choca nem encanta até que tomamos conhecimento de que, se tudo resulta simples, fácil e natural, consiste em que tudo é igualmente belo. Poder-se-ia dizer que aquela honrada deusa da classe média havia estudado o modo de se vestir, de se pentear, de olhar, de se mover, de ser coadjuvante, enfim, os tesouros de sua esplêndida juventude de tal forma e maneira, que não se pudesse pensar que era orgulhosa de si mesma, nem presunçosa nem incitante, mas muito diferente das deidades por casar que fazem feira de seus feitiços e vão por essas ruas de Deus dizendo a todo o mundo: "Vende-se esta casa... ou aluga-se".

Mas não nos detenhamos em floreios nem desenhos, que é muito o que temos a falar, e pouquíssimo o tempo de que dispomos.

III – Nosso herói

Os republicanos disparavam contra a tropa da esquina da *Calle de Peregrinos*, e a tropa disparava contra os republicanos da *Puerta del Sol*, de modo e forma que as balas de uma e outra procedência passavam pela frente das janelas do referido andar de baixo, quando não iam dar nos ferros de suas grades, fazendo-as vibrar com estridente barulho e ferindo de raspão persianas, madeiras e vidros.

Igualmente profundo, ainda que diferente em sua natureza e expressão, era o terror que sentiam a mãe... e a criada. Temia a nobre viúva, primeiro por sua filha, depois pelo resto do gênero humano, e por último por si mesma; e temia a galega, antes de tudo, por seu querido couro; em segundo lugar, por seu estômago e pelo de suas amas, pois a talha de água estava quase vazia e o padeiro não havia aparecido com o pão da tarde, e em terceiro lugar, um pouquinho pelos soldados ou civis filhos da Galícia que pudessem morrer ou perder algo na contenda. E não falemos do terror da filha, porque, ou a curiosidade o neutralizasse, ou não tivesse acesso à sua alma, mais varonil que feminina, o fato era que a gentil donzela, descuidando conselhos e ordens de sua mãe, e lamentos e gemidos da criada, ambas escondidas nos aposentos interiores, escapava de vez em quando aos cômodos que davam para a rua, e até abria a persiana, para formar exato juízo do ser e estado da luta.

Em uma dessas espiadelas, perigosas ao extremo, viu que as tropas haviam avançado até a porta daquela casa, enquanto os sediciosos retrocediam até a praça de Santo Domingo, não sem continuar fazendo fogo em rodízio com admirável serenidade e bravura. E chegou mesmo a ver que à cabeça dos soldados, e também dos oficiais e chefes, distinguia-se por sua enérgica e intrépida atitude e por suas ardorosas frases com que animava a todos, um homem de seus quarenta anos, de porte fino e elegante, e delicada e bela, ainda que dura, fisionomia; magro e forte como um punhado de nervos; mais alto que baixo, e vestido meio de civil, meio de militar. Queremos dizer que levava barrete de quartel com os três galõezinhos de capitão; sobrecasaca e calças civis, de tecido preto; sabre de oficial de infantaria e cartucheira e escopeta de caçador... não do exército, mas de coelhos e perdizes.

Olhando e admirando estava precisamente a madrilenha a tão singular personagem, quando os republicanos fizeram uma descarga sobre ele, por considerá-lo sem dúvida mais temível que todos os outros, ou supondo-o general, ministro ou coisa assim, e o pobre Capitão, ou o que fora, caiu ao solo, como ferido por um raio e com a face banhada em sangue, enquanto os revoltosos fugiam alegremente, muito satisfeitos de sua façanha, e que os soldados puseram-se a correr atrás deles querendo vingar o desafortunado caudilho...

Ficou, pois, a rua só e muda, e no meio dela, estendido no chão e esvaindo-se em sangue, aquele bom cavalheiro, que talvez não houvesse expirado ainda, e a quem mãos solícitas e piedosas pudessem talvez livrar da morte... A jovem não vacilou um minuto: correu até onde estavam sua mãe e a doméstica; explicou o caso a elas; disse-lhes que na *Calle de Preciados* não havia mais tiros; teve que batalhar, não tanto com os prudentíssimos reparos da generosa guipuzcoana, como com o medo puramente animal da informe galega, e dali a pouco as três mulheres transportavam à sua honesta casa, e colocavam na alcova de honra da salinha principal, sobre a luxuosa cama da viúva, o insensível corpo daquele que, se não foi o verdadeiro protagonista da jornada do 26 de março, vai sê-lo de nossa história particular.

IV – A própria pele e a alheia

Pouco demoraram em saber as caritativas mulheres que o garboso Capitão não estava morto, mas meramente privado do conhecimento e sentidos por causa de um tiro que lhe havia pego de raspão na testa, sem aprofundar quase nada nela. Souberam também que tinha atravessada e talvez fraturada a perna direita, e que não devia descuidar-se nem por um momento daquela ferida, da qual fluía muito sangue. Souberam, enfim, que a única coisa certa e eficaz que podiam fazer pelo desventurado era chamar em seguida um médico.

— Mamãe — disse a valorosa jovem -, a dois passos daqui, na calçada da frente, vive o doutor Sánchez... Que Rosa vá e o faça vir! Tudo é assunto urgente, e sem que nisso se corra nenhum perigo...

Nisso soou um tiro muito próximo, ao que se seguiram quatro ou seis, disparados ao mesmo tempo e a maior distância. Depois voltou a reinar profundo silêncio.

— Eu não vou! – grunhiu a criada. - Esses que se ouviram agora foram também tiros, e as senhoras não vão querer que me fuzilem ao cruzar a rua.

—Tonta! Na rua não está acontecendo nada! – replicou a jovem, que acabava de espiar por uma das janelas.

— Saia daí, Angústias! – gritou a mãe, percebendo isso.

— O tiro que soou primeiro – prosseguiu dizendo a chamada Angústias – e ao qual responderam as tropas da *Puerta del Sol*, deve ter sido disparado da água furtada do número 19 por um homem muito feio, a quem estou vendo voltar a carregar o trabuco... As balas, por conseguinte, passam agora muito altas e não há perigo algum em atravessar a rua. Por outro lado será a maior das infâmias se deixarmos morrer a esse desgraçado por economizarmos um ligeiro incômodo!

— Eu irei chamar o médico – disse a mãe, acabando de vendar a seu modo a perna quebrada do Capitão.

— Isso não! – gritou a filha, entrando na alcova. - Que se falaria de mim? Vou eu que sou mais jovem e ando mais depressa! Muito padeceu já a senhora com as aborrecidas guerras!

— Pois você não vai! – repetiu imperiosamente a mãe.

— Nem eu tampouco! – acrescentou a criada.

— Mamãe, deixe-me ir! Peço-lhe pela memória de meu pai! Eu não tenho alma para ver esvair-se em sangue

Capitão Veneno 17

a esse valente, quando podemos ajudá-lo! Olhe, olhe quão pouco servem suas vendas!... O sangue goteja já por baixo dos colchões.

— Angústias! Eu digo que você não vai!

— Não irei, se não quer; mas minha mãe, pense que meu pobre pai, seu nobre e valoroso marido, não estaria morto, quando morreu, esvaído em sangue, no meio do bosque, na noite de uma ação, se alguma mão misericordiosa tivesse estancado o sangue de suas feridas...

— Angústias!

— Mamãe... Deixe-me! Eu sou tão aragonesa quanto meu pai, embora tenha nascido nesta estranha Madri! Além disso, não creio que às mulheres nos outorgaram algum decreto, dispensando-nos de ter tanta vergonha e tanta coragem como aos homens.

Assim disse aquela boa moça; e sua mãe não havia se recomposto do assombro, acompanhado de submissão moral ou involuntário aplauso, que lhe produz tão soberano arrebatamento, quando Angústias estava já cruzando impavidamente a *Calle de Preciados*.

V - Susto

— Olhe, senhora! Olhe que formosa vai! - exclamou a galega, batendo palmas e contemplando da janela a nossa heroína...

Mas, ai!, naquele mesmo instante soou um tiro muito próximo; e como a pobre viúva, que também havia se acercado à janela, visse a sua filha parar e tatear a roupa, lançou um grito aterrador e caiu de joelhos, quase privada de sentido.

— Não lhe pegaram! Não lhe pegaram! — gritava no entanto a servente. — Já está entrando na casa da frente! Veja a senhora...

Mas esta não a ouvia. Pálida como uma defunta, lutava com seu abatimento, até que, achando forças na própria dor, levantou-se meio louca e correu para a rua..., no meio da qual encontrou-se com a destemida Angústias, que já regressava seguida pelo médico.

Com verdadeiro delírio se abraçaram e se beijaram mãe e filha, precisamente sobre o arroio de sangue vertido pelo Capitão, e entraram por fim na casa, sem que naqueles primeiros momentos ninguém se inteirasse de que a saia da jovem estava furada pela pérfida trabucada que lhe disparou o homem da água furtada ao vê-la atravessar a rua...

A galega foi quem, não só reparou nisso, como teve a crueldade de apregoá-lo.

— Pegaram ela! Pegaram ela! — exclamou com sua gramática de Mondonhedo. — Bem que eu fiz em não sair! Bons buracos teriam aberto as balas em minhas três saias!

Imaginemos o renovado terror da pobre mãe, até que Angústias a convenceu de que estava ilesa. Basta saber que, segundo iremos vendo, a infeliz guipuzcoana não havia de gozar hora de saúde desde aquele espantoso dia... E retornemos agora ao estropiado Capitão, para ver qual prognóstico nos dá de suas feridas o diligente e experiente doutor Sánchez.

VI – Diagnóstico e prognóstico

Invejável reputação tinha aquele médico, e justificou-a de novo na rápida e feliz primeira cura que fez a nosso herói, estancando o sangue de suas feridas com remédios caseiros, e reduzindo-lhe e enfaixando a fratura da perna sem mais auxiliares que as três mulheres. Mas como expositor de sua ciência, não irradiou muito, pois o bom homem sofria do vício oratório de Pero Grullo.

De imediato respondeu que o Capitão não morreria, "desde que saísse antes de vinte e quatro horas daquela profunda sonolência", indício de uma grave comoção cerebral, causada pela lesão que na fronte lhe havia produzido um projétil oblíquo (disparado com arma de fogo, sem quebrar-lhe, ainda que contundindo-lhe, o osso frontal), "precisamente no lugar em que tinha a ferida, em conseqüência de nossas desgraçadas discórdias civis e de haver-se metido aquele homem nelas"; acrescentando em seguida, a título de comentário, que se a mencionada comoção não cessasse no prazo marcado, o Capitão morreria sem remédio, "por haver sido demasiado forte o golpe do projétil; e que, a respeito se cessaria ou não a tal comoção antes de vinte e quatro horas, reservava seu prognóstico até a tarde seguinte".

Ditas estas verdades por ofício, recomendou muitíssimo, e até com insistência (sem dúvida por conhecer bem às filhas de Eva), que quando o ferido recobrasse a consciência não lhe permitissem falar, nem lhe falassem elas de coisa alguma, por urgente que lhes parecesse conversar com ele; deixou instruções verbais e receitas escritas para todos os casos e acidentes que pudessem sobrevir; ficou de voltar no outro dia, ainda que houvesse tiros, na qualidade de homem tão íntegro como bom médico e como inocente orador, e foi embora para casa, para o caso de o chamarem para outro apuro semelhante; não, contudo, sem aconselhar a conturbada viúva que se deitasse cedo, pois não tinha o pulso em fluxo, e era possível que lhe acometesse alguma febre ao chegar a noite... (que já havia chegado).

VII. Expectativa

Seriam já três da madrugada, e a nobre senhora, ainda que, em efeito, sentia-se muito mal, continuava à cabeceira de seu enfermo hóspede, desatendendo os pedidos da infatigável Angústias, que não só velava também, como ainda não havia se sentado em toda a noite.

Erguida e quieta como uma estátua, a jovem permanecia ao pé do ensangüentado leito, com os olhos fixos no rosto branco e afilado, semelhante a um Cristo de marfim, daquele valoroso guerreiro a quem admirou tanto à tarde, e desta maneira esperava com visível agitação que o sem ventura despertasse daquela profunda letargia, que podia terminar em morte.

A bendita galega era quem roncava, se havia que roncar, na melhor poltrona da sala, com o rosto vazio cravado nos joelhos, por não ter se dado conta de que aquela poltrona tinha um respaldar muito próprio para reclinar nele o occipúcio.

Várias observações ou conjeturas haviam cruzado a mãe e a filha, durante aquela longa vigília, sobre de qual poderia ser a qualidade originária do Capitão, qual seu caráter, quais suas idéias e sentimentos. Com a nimiedade de atenção que não perdem as mulheres nem sequer nas mais terríveis e solenes circunstâncias, haviam reparado na fineza da camisa, na riqueza do relógio, na pulcritude da pessoa e na coroinha de marquês nas meias do paciente. Tampouco deixaram de observar em uma medalha de ouro muito velha que levava no pescoço sob as vestiduras, nem em que aquela medalha representava a Virgem do Pilar de Zaragoza; com que se alegraram muito, tirando a limpo que o Capitão era pessoa de classe e de boa e cristã educação. O que naturalmente respeitaram foi o interior de seus bolsos, onde talvez haveria cartas ou cartões que declarassem seu nome e o endereço de sua casa; declarações que esperavam em Deus poderia fazê-las ele mesmo quando recobrasse o conhecimento e a palavra, em sinal que lhe sobravam dias por viver...

Enquanto isso, e ainda que a refrega política havia terminado por então, ficando vitoriosa a Monarquia, ouvia-se de tempo em tempo, ora um tiro remoto e sem contestação, como solitário protesto de tal ou qual republicano não convertido pela metralha, ora o sonoro trotar das patrulhas de cavalaria que rondavam, assegurando a ordem pública; rumores ambos lúgubres e fatídicos, muito tristes de escutar da cabeceira de um militar ferido e quase morto.

VIII. Inconvenientes do *Guia de Forasteiros*

Assim estavam as coisas, e a pouco de soar as três e meia no relógio do *Buen Suceso*, o Capitão abriu subitamente os olhos; passeou uma tosca olhada pela habitação, fixando-a sucessivamente em Angústias e em sua mãe, com uma espécie de temor pueril, e balbuciou desassossegadamente:

— Onde diabos estou?

A jovem levou um dedo aos lábios, recomendando-lhe que guardasse silêncio; mas à viúva tinha lhe caído muito mal a segunda palavra daquela interrogação, e apressou-se em responder:

— O senhor está em um lugar honesto e seguro, ou seja na casa da generala Barbastro, condessa de Santurce, sua servidora.

— Mulheres! Que diacho! – gaguejou o Capitão, virando os olhos como se voltasse à sua letargia.

Mas muito logo se notou que já respirava com a liberdade e a força de quem dorme tranqüilo.

— Salvou-se! — disse Angústias muito em silêncio. — Meu pai estará contente conosco.

— Rezando estava por sua alma... — respondeu a mãe. — Embora a primeira saudação do nosso enfermo tenha deixado muito a desejar!

— Eu sei de memória — proferiu com lentidão o Capitão, sem abrir os olhos — o escalão do Estado Maior Geral do Exército espanhol, inserido no *Guia de Forasteiros*, e nele não figura neste século nenhum general Barbastro.

— Eu lhe direi!... — exclamou vivamente a viúva. — Meu defunto marido...

— Não lhe responda agora, mamãe... — interrompeu a jovem, sorrindo-lhe. — Está delirando, e há que se ter cuidado com sua pobre cabeça. Lembre as recomendações do Dr. Sánchez!

O Capitão abriu seus lindos olhos; olhou para Angústias muito fixamente, e voltou a fechá-los, dizendo com a maior lentidão:

— Eu não deliro nunca, senhorita! O que acontece é que digo sempre a verdade a todo mundo, haja o que houver!

E dito isso, sílaba por sílaba, suspirou profundamente, como se estivesse muito cansado de haver falado tanto, e começou a roncar de um modo surdo, como se agonizasse.

— O senhor está dormindo, Capitão? — perguntou-lhe muito alarmada a viúva.

O ferido não respondeu.

IX. Mais inconvenientes do *Guia de Forasteiros*

—Vamos deixá-lo repousar... — disse Angústias em voz baixa, sentando-se ao lado de sua mãe. — E como agora não pode nos ouvir, permita-me, mamãe, que lhe advirta uma coisa... Creio que não fez bem em contar-lhe que é condessa e generala...
— Por quê?
— Porque..., bem sabe a senhora que não temos recursos suficientes para cuidar e atender uma pessoa como esta do modo que fariam condessas e generalas *de verdade*.
— O que você quer dizer com *de verdade*? – exclamou vivamente a guipuzcoana. –Também você vai pôr em dúvida minha categoria? Eu sou tão condessa quanto a de Montijo, e tão generala quanto a de Espartero!
—Tem razão; mas até que o Governo resolva neste sentido o expediente de sua viuvez continuaremos a ser muito pobres...
— Não tão pobres! Ainda me sobram mil reais dos brincos de esmeraldas, e tenho uma gargantilha de pérolas com fecho de brilhantes, presente de meu avô, que vale mais que quinhentos *duros*, com os quais nos sobra para viver até que se resolva meu expediente, que será antes de um mês, e para cuidar deste homem como Deus manda ainda que o rompimento da perna o obrigue a ficar aqui dois ou três meses... Você sabe que o oficial do Conselho é da opinião que eu tenho direito aos benefícios do artigo 10 do Convênio de

Vergara; então, ainda que seu pai tenha morrido antes disso, consta que já estava de acordo com Maroto...

— Santurce... Santurce... Também não figurava este condado no *Guia de Forasteiros*! — murmurou desvanecidamente o Capitão, sem abrir os olhos.

E depois, sacudindo de imediato sua letargia, e chegando até a incorporar-se na cama, disse com voz inteira e vibrante, como se já estivesse bom:

— Falemos às claras, senhoras! Eu necessito saber onde estou e quem são vocês... A mim não me governam nem me enganam! Diabos, e como me dói esta perna!

— Senhor Capitão, o senhor nos insulta! — exclamou a generala alteradamente.

— Vamos, Capitão!... O senhor fique quieto e calado... — disse ao mesmo tempo Angústias com suavidade, ainda que com irritação. — Sua vida correrá muito perigo se o Senhor não guardar silêncio ou permanecer imóvel. O senhor está com a perna direita quebrada e com uma ferida na fronte que o privou de sentido por mais de dez horas...

— É verdade! — exclamou o estranho personagem, levando as mãos à cabeça e tateando as vendas que lhe havia posto o médico. — Esses malditos me feriram! Mas quem foi o imprudente que me trouxe para uma casa estranha, tendo eu a minha e havendo hospitais militares e civis? Eu não gosto de incomodar ninguém, nem dever favores, que maldito eu seja se mereço e nem quero merecer. Eu estava na *Calle de Preciados*...

— E na *Calle de Preciados* o senhor está, número 14, quarto de baixo... — interrompeu a guipuzcoana, ignorando os sinais que lhe fazia sua filha para que se calasse. — Nós não necessitamos que o senhor nos agradeça por coisa alguma, pois não fizemos nem faremos mais do que manda Deus e a caridade ordena! Além do mais o senhor está numa casa decente. Eu sou dona Teresa Carrillo de Albornoz y Azpeitia, viúva do general carlista D. Luis Gonzaga de Barbastro, conveniado em Vergara... O senhor entende? Conveniado em Vergara, ainda que fosse de um modo virtual, retrospectivo e implícito, como em minha terra se costuma dizer. O qual deveu seu título de conde de Santurce a uma real nominação de D. Carlos V, que tem que revalidar Dona Isabel II, ao teor do artigo 10 do Convênio de Vergara. Eu não minto nunca, nem uso nomes supostos, nem me proponho com o senhor a outra coisa que cuidá-lo e salvar a sua vida, já que a Providência me confiou este encargo!...

— Mamãe, não lhe dê corda... — observou Angústias. — Não vê que em lugar de serenar-se, se dispõe a contestá-la com maior ímpeto... E veja como o pobre está mal... e tem a cabeça débil! Vamos, senhor Capitão, tranqüilize-se e olhe por sua vida!...

Isso disse a nobre donzela com sua gravidade costumeira. Mas o Capitão não se amansou por isso, senão olhou-a fixamente com maior fúria, como javali acossado a quem se enfrenta com novo e mais terrível adversário, exclamou corajosamente:

X – O Capitão se defende

— Senhorita, em primeiro lugar, eu não tenho a cabeça débil, e nunca a tive, e prova disso é que a bala não pôde atravessá-la. Em segundo lugar, sinto muitíssimo que me fale com tanta comiseração e brandura; pois não entendo de suavidades, de mimos nem melindres. Perdoe a rudeza de minhas palavras, mas cada um é como Deus o criou e eu não gosto de enganar ninguém. Não sei por que lei de minha natureza prefiro que me deem um tiro a que me tratem com bondade! Advirto as senhoras, por conseguinte, que não me cuidem com tanto mimo, pois me farão estourar nesta cama em que me prende minha má sorte... Eu não nasci para receber favores, nem para agradecê-los ou pagá-los, por isso procurei sempre não tratar com mulheres ou com crianças, nem com santarrões, nem com nenhuma outra gente pacífica e delicada... Eu sou um homem atroz, a quem ninguém pôde agüentar, nem de rapaz, nem de jovem, nem de velho que começo a ser. Chamam-me em toda Madri de Capitão Veneno! Portanto as senhoras podem ir dormir e providenciar, quando seja dia, que me conduzam em uma maca ao Hospital Geral. Tenho dito!

— Jesus, que homem! – exclamou horrorizada dona Teresa.

— Assim deviam ser todos! – respondeu o Capitão. – Melhor andaria o mundo ou já teria parado há muito tempo!

Angústias começou a sorrir.

— Não ria, senhorita; que isso é zombar de um pobre enfermo, incapacitado de fugir para livrá-la de sua presença! – continuou dizendo o ferido, com algum assomo de melancolia. – Estou cansado de saber que lhes pareço muito malcriado; mas creiam que não o sinto muito! Sentiria, pelo contrário, que as senhoras me tivessem digno apreço, e que depois me acusassem de havê-las enganado! Oh! Se pego o infame que me trouxe a esta casa, para fastidiá-las e desonrar-me...

— Carregamos o senhor eu e a senhora e a senhorita... – pronunciou a galega, a quem haviam acordado e atraído as vozes daquele energúmeno. – O senhor estava esvaindo-se em sangue à porta de casa, então a senhorita se condoeu. Eu também me condoí um pouco. E como também se condoeu a senhora, carregamos o senhor entre as três, e como pesa, e parece tão magro!

O Capitão tornou a irritar-se ao ver em cena a outra mulher; mas o relato da galega o impressionou tanto, que só pôde exclamar:

— Pena que as senhoras não tenham feito essa boa obra por um homem melhor que eu! Que necessidade tinham de conhecer o incorrigível Capitão Veneno?

Dona Teresa olhou para sua filha, como para dizer-lhe que aquele homem era muito menos mau e feroz do que ele pensava, e percebeu que Angústias seguia sorrindo com deliciosa graça, em sinal de que opinava o mesmo.

Entretanto, a triste galega dizia lacrimosamente:

— Pois mais lástima lhe daria se soubesse que a senhorita foi em pessoa chamar o médico para que curasse esses dois balaços, e que, quando a pobre estava na metade do caminho, deram-lhe um tiro que..., veja o senhor..., esburacou a saia de pregas!

— Eu não teria lhe contado nunca, senhor Capitão, por medo de irritá-lo... — expôs a jovem, entre modesta e zombeteira, ou seja baixando os olhos e sorrindo com maior graça que antes. — Mas como esta Rosa fala tudo, só posso suplicar que o senhor me perdoe o susto que causei a minha querida mãe, e que por causa disso a pobre ainda tem febre.

O Capitão estava espantado, com a boca aberta, olhando alternadamente a Angústias, a dona Teresa e à criada, e quando a jovem parou de falar, fechou os olhos, deu uma espécie de rugido e exclamou, levando os punhos ao céu:

— Ah, cruéis! Como sinto o punhal na ferida! Então as três se propuseram que eu seja seu escravo ou seu bobo da corte? Então empenham-se em fazer-me chorar ou dizer ternuras? Então estou perdido se não consigo fugir? Pois fugirei! Não me faltava nada mais que, ao fim de meus anos, eu viesse a ser brinquedo da tirania de três mulheres de bem! Senhora! — prosseguiu com grande ênfase, dirigindo-se à viúva. — Se agora mesmo não se deita, e não toma, depois de deitada, uma taça de tília com flor de laranjeira, arranco todas estas bandagens e panos, e morro em cinco minutos, ainda que Deus não queira! Quanto à senhora, senhorita

Angústias, faça-me o favor de chamar o guarda-noturno e dizer que vá à casa do marquês dos Tomillares, Carrera de San Francisco número..., e participe-lhe que seu primo D. Jorge de Córdoba lhe espera nesta casa gravemente ferido. Em seguida se deitará a senhora também, deixando-me em poder desta insuportável galega, que me dará de vez em quando, água com açúcar, único socorro que necessitarei até que chegue meu primo Álvaro. Tendo dito, senhora condessa: comece a senhora por deitar-se.

A mãe e a filha trocaram uma piscadela, e a primeira respondeu pacificamente:

— Darei ao senhor o exemplo de obediência e de juízo. Boa noite, senhor Capitão, até amanhã.

— Também eu quero ser obediente... — acrescentou Angústias, depois de anotar o verdadeiro nome do Capitão Veneno e do endereço da casa do seu primo. — Mas como tenho muito sono, o senhor me permitirá que deixe para amanhã enviar esse atento recado ao senhor Marquês dos Tomillares. Bom dia, senhor dom Jorge; até logo. E cuide para não se mexer!

— Eu não fico sozinha com este senhor! — gritou a galega. — Seu gênio de demônio me deixa com os cabelos em pé e me faz tremer como uma vara verde!

— Não se preocupe, formosa... — respondeu o Capitão —; que com você serei mais doce e amável que com sua senhorita.

Dona Teresa e Angústias só puderam soltar uma gargalhada ao ouvir esta primeira saída de bom humor de seu insuportável hóspede.

E veja-se por que arte e modo cenas tão lúgubres e trágicas como as daquela tarde e daquela noite, vieram ter como remate e coroamento um pouco de júbilo e alegria. Tão certo é que neste mundo tudo é fugaz e transitório, assim a felicidade como a dor, ou, para melhor dizer, que sob o teto não há bem nem mal que dure cem anos.

Segunda parte

VIDA DE HOMEM MAL

I – A segunda cura

Às oito da manhã seguinte, que, pela misericórdia de Deus, não ofereceu sinais de barricada nem de tumulto (misericórdia que havia de durar até 7 de maio daquele mesmo ano, em que ocorreram as terríveis cenas da *Plaza Mayor*), encontrava-se o doutor Sánchez na casa da chamada condessa de Santurce pondo o aparelho definitivo na perna quebrado do Capitão Veneno.

A este havia dado calar naquela manhã. Só havia aberto a boca, até então, antes de começar a dolorosa operação, para dirigir duas breves e ásperas interpelações a Dona Teresa e a Angústias, respondendo a seus afetuosos bons dias.

— Pelos pregos de Cristo, senhora! Para que a senhora se levantou estando tão mal? Para que sejam maiores meu sufoco e minha vergonha? A senhora se propôs a matar-me à força de cuidados?

E disse a Angústias:

— Que importa que eu esteja melhor ou pior? Vamos direto ao que interessa! A senhora chamou meu primo para que me tirem daqui e nos vejamos todos livres de impertinências e cerimônias?

— Sim, senhor Capitão Veneno! Faz meia hora que a porteira levou-lhe o recado... — respondeu muito tranquilamente a jovem, ajeitando-lhe os travesseiros.

Quanto à inflamável Condessa, não é preciso dizer que havia voltado a bicar-se com seu hóspede, ao ouvir aquelas novas grosserias. Resolveu, para tanto, não dirigir-lhe mais a palavra, e se limitou a fazer tiras e vendas e a perguntar uma vez ou outra, com vivo interesse, ao impassível doutor Sánchez, como estava o ferido (sem dignar-se a dizer o nome dele), e se chegaria a ficar coxo, e se ao meio-dia poderia tomar caldo de galinha e presunto e se era o caso de colocar areia na rua para que não lhe incomodasse o barulho dos carros, etc., etc.

O médico, com sua ingenuidade costumeira, assegurou que o balaço da testa nada havia já que temer, graças à enérgica e saudável natureza do enfermo, em quem não restava sintoma algum de comoção nem febre cerebral; mas seu diagnóstico não foi tão favorável com respeito à fratura da perna. Qualificou-a novamente de grave e perigosíssima, por estar a tíbia muito destroçada, e recomendou a D. Jorge absoluta imobilidade se queria livrar-se de uma amputação e mesmo da morte...

O Doutor falou em termos tão claros e rudes, não só

por falta de arte para disfarçar suas idéias, mas porque já havia formado juízo do caráter voluntarioso e turbulento daquela espécie de criança mimada. Mas é verdade que não conseguiu assustá-lo: arrancou-lhe um sorriso de incredulidade e escárnio.

As assustadas foram as três boas mulheres: dona Teresa por pura humanidade; Angústias por certo empenho fidalgo e de amor próprio que já tinha em curar e domesticar a tão heróico e estranho personagem, e a criada por terror instintivo a tudo que fosse sangue, mutilação e morte.

Reparou o Capitão na aniquilação de suas enfermeiras e saindo da calma com que estava suportando a cura, disse furiosamente ao Doutor Sánchez:

— Homem! O senhor podia ter me notificado a sós todas essas sentenças! O fato de ser um bom médico não releva o de ter um bom coração! Digo-o para que veja que cara tão comprida e triste impôs às minhas três Marias!

Aqui teve que se calar o paciente, dominado pela terrível dor que lhe causou o médico ao juntar-lhe o osso partido.

— Bah! Bah! — continuou em seguida. — Por que vim parar nesta casa? Precisamente não há nada que me subleve tanto como ver as mulheres chorarem.

O pobre Capitão se calou outra vez, e mordeu os lábios alguns instantes, embora sem lançar nem um suspiro...

Era indubitável que sofria muito.

— Além disso, senhora... — concluiu dirigindo-se a

Dona Teresa. — Parece-me que não há motivo para que a senhora me lance esses olhares de ódio, pois já deve estar chegando meu primo Álvaro, e vou libertar as senhoras do *Capitão Veneno*!... Então verá este senhor doutor... (Cáspita, homem, não aperte tanto!), que tranqüilamente, sem parar com isso de imobilidade (caramba, que mão o senhor tem!), levam-me quatro soldados a minha casa em uma maca e terminam todas essas cenas de convento de monjas. Pois só me faltava isso! Caldinhos para mim! Canja de galinha! Colocar areia na rua! Sou por acaso algum militar de açúcar para que me tratem com tantos mimos e agrados?

Dona Teresa ia responder, apelando ao ímpeto belicoso em que consistia sua única debilidade (e sem se importar, é claro, que o pobre Jorge estava sofrendo horrivelmente), quando, por sorte, chamaram à porta e Rosa anunciou o marquês dos Tomillares.

— Graças a Deus! — exclamaram a um mesmo tempo, embora com diferente tom e significado.

Isso porque a chegada do marquês coincidiu com o término da cura.

Dom Jorge suava de dor.

Angústias deu-lhe um pouco de água e vinagre, e o ferido respirou alegremente dizendo:

— Obrigado, bonita.

Nisso chegou o marquês à alcova, conduzido pela generala.

II. Íris de paz

Era Dom Álvaro de Córdoba y Alvarez de Toledo um homem sumamente distinto, todo barbeado, e barbeado já àquela hora; com uns sessenta anos de idade, de cara redonda, pacífico e amável, que deixava transparecer o sossego e bondade de sua alma, e tão pulcro, simétrico e alinhado ao vestir, que parecia a estátua do método e da ordem.

E diga-se que ia muito comovido e transtornado pela desgraça de seu parente; mas nem assim se mostrou decomposto nem faltou em nenhum instante com a mais escrupulosa cortesia. Saudou corretissimamente Angústias, o doutor e até ligeiramente a galega, embora esta não lhe havia sido apresentada pela senhora de Barbastro, e então, só então, dirigiu ao Capitão um longo olhar de pai austero e carinhoso, como repreendendo-lhe e consolando-o ao mesmo tempo, e aceitando, já que não a origem, as conseqüências da nova imprudência.

Enquanto isso, dona Teresa, e sobretudo a loquacíssima Rosa (que cuidou muito para chamar várias vezes sua ama com os dois títulos em questão) *velis nolis* ao cerimonioso marquês de todo o acontecido na sua casa e cercanias desde que na tarde anterior soou o primeiro tiro até aquele mesmíssimo instante, sem omitir a repugnância de dom Jorge a deixar-se cuidar e compadecer pelas pessoas que lhe haviam salvado a vida.

Assim que pararam de falar a generala e a galega, o

marquês interrogou o doutor Sánchez, o qual lhe informou sobre as feridas do Capitão no sentido que já conhecemos, insistindo em que não devia trasladar-se a outro ponto, sob pena de comprometer sua recuperação e até sua vida.

Por último o bom dom Álvaro se virou para Angústias num gesto interrogante, ou seja explorando se queria acrescentar alguma coisa à relação dos demais, e vendo que a jovem se limitava a fazer um leve aceno negativo, tomou Sua Excelência as precauções nasais e laríngeas, assim como a expedita e grave atitude de quem se dispusesse a falar em um Senado (era senador), e disse entre sério e afável...

(Mas este discurso deve ir em separado, para se por acaso alguma vez o incluem nas *Obras Completas* do marquês, que também era literato... dos chamados "de ordem").

III – Poder da eloqüência

— Senhores: em meio à atribulação que nos aflige, e prescindindo de considerações políticas sobre os tristíssimos acontecimentos de ontem, parece-me que de modo algum podemos queixar-nos...

— Não se queixe você, se é que nada lhe dói!... Mas quando cabe a mim falar? — interrompeu o Capitão Veneno.

— A você, nunca, meu querido Jorge! — respondeu-lhe o Marquês suavemente. — Eu o conheço bastante para necessitar que me explique seus atos positivos ou negativos. É suficiente o relato destes senhores!

O Capitão, em quem já se havia notado o profundo respeito... ou desprezo com que sistematicamente se abstinha de contrariar seu ilustre primo, cruzou os braços como filósofo, cravou a vista no teto da alcova, e se pôs a assobiar o hino de Riego.

— Dizia... — prosseguiu o Marquês — que do pior veio o melhor. A nova desgraça que procurou meu incorrigível e amado parente D. Jorge de Córdoba, a quem ninguém mandou meter o bedelho na confusão de ontem à tarde (pois está na reserva, como é hábito, e já podia ter tornado-se experiente em pôr-se nos livros de cavalarias), é coisa que tem facílimo remédio, ou que o teve, felizmente, no momento oportuno, graças ao heroísmo desta galharda senhorita, aos caridosos sentimentos da senhora generala de Barbastro, condessa de Santurce, à perícia do digno doutor em Medicina e Cirurgia senhor Sánchez, cuja fama era-me conhecida há muitos anos, e ao zelo desta diligente servidora...

Aqui a galega desandou a chorar.

— Passemos à parte positiva... — continuou o marquês, em quem, pelo visto, predominava o órgão da classificação e do deslinde e que, por conseguinte, pudera ser um grande perito agrônomo —. Senhoras e senhores: Supondo que, a juízo da ciência, de acordo com o sentido comum, fosse muito perigoso mover deste hospitalar leito nosso interessante enfermo e meu primo-irmão dom Jorge de Córdoba, resigno-me a que continue perturbando esta sossegada vivenda até que possa ser trasladado a minha ou a sua. Mas entenda-se que tudo isso é partindo da base, oh, querido parente!, de que seu generoso coração e o ilustre nome que leva saberão fazê-lo prescindir de certos vícios de colégio, quartel ou cassino, e poupar descontentamentos e dissabores à respeitável dama e à digna senhorita que eficazmente secundadas por sua ativa e robusta doméstica, livraram-no de morrer no meio da rua... não me replique! Você sabe que eu penso muito nas coisas antes de prover, e que nunca revogo meus próprios autos! Além disso a senhora generala e eu falaremos a sós (quando lhe seja cômodo, pois eu não tenho pressa nunca) sobre insignificantes pormenores de conduta, que darão forma natural e admissível ao que sempre será, no fundo, uma grande caridade de sua parte... E assim sendo, já elucidei por meio deste longo discurso, para o qual não vim preparado, todos os aspectos e fases da questão, cesso por ora o exercício da palavra. Tenho dito.

O Capitão seguia assobiando o hino de Riego e ainda achamos que o de Bilbao e o de Maella, com os iracundos olhos fixos no teto da alcova, que não sabemos como não principiou a arder ou não veio ao chão.

Angústias e sua mãe, ao ver seu inimigo derrotado, procuraram duas ou três vezes chamar-lhe a atenção, a fim de acalmá-lo ou consolá-lo com sua mansa e benévola atitude; mas ele lhes havia respondido com gestos rápidos e amargos, muito parecidos a juramentos de vingança, voltando em seguida à sua patriótica música, com expressão mais viva e ardorosa.

Poder-se-ia dizer que era um louco em presença de seu enfermeiro; pois não outro ofício que este último tinha o marquês naquele quarto.

IV. Preâmbulos indispensáveis

Nesse momento retirou-se o doutor Sánchez que, na qualidade de experimentado fisiólogo e psicólogo, havia compreendido tudo e qualificado, como se se tratasse de autômatos e não de pessoas, e então o marquês pediu de novo à viúva que lhe concedesse uns minutos de audiência particular.

Dona Teresa conduziu-o a seu gabinete, situado no extremo oposto da sala, e uma vez acomodados aí os dois sexagenários em suas poltronas, começou o homem do mundo pedindo água misturada com açúcar, alegando que lhe fatigava falar duas vezes seguidas desde que pronunciou no Senado um discurso de três dias contra as ferrovias e telégrafos; mas, em realidade, a intenção a que se propôs ao pedir água foi dar tempo a que a guipuzcoana lhe explicasse que generalato e que condado eram aqueles que o bom senhor não tinha notícia anterior e que vinham muito ao caso, posto que iam tratar de dinheiro.

Os leitores podem imaginar com que gosto se alargaria a pobre mulher em tal matéria, com o pouco que lhe atiçou dom Álvaro!... Desfiou seu expediente, de cabo a rabo, sem esquecer aquele direito *virtual, retrospectivo e implícito...* a ter o que comer, que lhe assistia, com respeito ao artigo 10 do Convênio de Vergara; e quando já não restou mais o que dizer e começou a se abanar em sinal de trégua, apoderou-se da palavra o marquês dos Tomillares, e falou nos seguintes termos:

(Será bom que vá também em separado seu interessante relato, modelo de análise expositiva, que poderá figurar na vigésima seção de suas obras, intitulada: *Coisas de meus parentes, amigos e servidores*).

V. História do Capitão

— Tem a senhora, condessa, a má fortuna de albergar em sua casa um dos homens mais enviesados e inconvenientes que Deus pôs no mundo. Eu não diria que me pareça inteiramente um demônio; mas sim que precisa ser um anjo, ou querê-lo como eu o quero, por lei natural e por lástima, para agüentar suas impertinências, ferocidades e loucuras. Saiba a senhora que as pessoas mais desinibidas e pouco assustadiças com quem se reúne no Cassino e nos cafés, puseram-lhe o apelido de Capitão Veneno, ao ver que está sempre feito basilisco e disposto a partir para a briga com todo bicho vivente por qualquer bobagem! É importante, no entanto, advertir a senhora, para sua tranqüilidade pessoal e à segurança de sua família, que é casto e homem de honra e vergonha, não só incapaz de ofender o pudor de nenhuma senhora, e excessivamente intratável e esquivo com o belo sexo. Digo mais: em meio de sua perpétua iracúndia, ainda não causou dano a ninguém, a não ser a si próprio, e pelo que me cabe, a senhora deve ter percebido que me trata com o acatamento e o carinho devidos a uma espécie de irmão mais velho ou segundo pai... Mas, apesar de tudo, repito que é impossível viver a seu lado, segundo o demonstra o feito eloqüentíssimo de que, estando ele solteiro e eu viúvo, e carecendo um do outro de demais parentes, arrimos ou suposto e eventuais herdeiros, não habite em minha espaçosa casa, como habitaria o muito estúpido se o desejasse; pois eu, por natureza e educação, sou muito sofrido, tolerante e complacente com as pessoas que respeitam meus gostos, hábitos, idéias, horas, lugares e diversões. Esta mesma brandura de meu caráter é a todas as luzes o que nos faz incompatíveis na vida íntima, segundo demonstram já alguns ensaios; pois a ele exasperam as formas suaves e corteses, as cenas ternas e carinhosas, e tudo que não seja rude, áspero, sem ama-de-leite... (Sua mãe morreu ao dar-lhe a luz, e seu pai, para não lidar com amas-de-leite, procurou uma cabra..., pelo visto montês, que se encarregasse de amamentá-lo). Educou-se em colégios, como interno, desde o ponto e hora que o desmamaram; pois seu pai, meu pobre tio Rodrigo, suicidou-se com pouco tempo de viuvez. Aguçou a vontade e foi fazer a guerra da América, entre selvagens, e aí veio a tomar parte em nossa discórdia civil dos sete anos. Já seria general, se não tivesse criado confusão com todos os seus superiores desde que lhe puseram os cordões de cadete, e os poucos graus e empregos que obteve até agora, custaram-lhe prodígios de valor e não sei quantas feridas; sem o que não haveria sido proposto para recompensa por seus chefes, sempre inimizados com ele por causa das amargas verdades que costumava dizer-lhes. Ficou preso dezesseis vezes e quatro em diferentes castelos; todas as vezes por insubordinação. O que nunca fez foi sublevar-se! Desde que acabou a guerra, acha-se constantemente na reserva; pois, se conseguia, em minhas épocas de favor político, proporcionar-lhe esta ou aquela colocação em escritórios militares, regimentos, etc., em vinte e quatro horas tornava a ser mandado para casa. Dois ministros da Guerra foram desafiados por ele, e ainda não o fuzilaram, por respeito a meu nome e a sua indiscutível coragem. Porém, de todos esses horrores e tendo em vista que havia jogado no tute, no ridículo Cassino do Príncipe, seu escasso recurso, e de que o pagamento da reserva não lhe bastava para viver conforme a sua classe, ocorreu-me, faz sete anos, a peregrina idéia de nomear-lhe contador de minha casa e fazenda, rapidamente alienadas pela sucessiva dos três últimos donos (meu pai e meus irmãos Alfonso e Enrique), e muito decadentes e arruinadas em conseqüência destas mesmas freqüentes mudanças de donos. A Providência me inspirou sem dúvida algum pensamento tão atrevido! Desde aqueles dias meus assuntos entraram em ordem e prosperidade: antigos e infiéis administradores perderam seu posto ou se converteram em santos, e no ano seguinte minhas rendas duplicavam, quase quadruplicadas na atualidade, pelo desenvolvimento que Jorge deu à criação de gado. Posso dizer que hoje tenho os melhores carneiros do Baixo Aragão, e todos estão às suas ordens! Para realizar tais maravilhas, bastou a esse desmiolado uma visita que fez a cavalo por todos meus estados (levando na mão o sabre à guisa de bastão), e com uma hora que vá cada dia aos escritórios de minha casa. Perfaz daí um salário de trinta mil reais; e não dou mais porque o que lhe sobra depois de comer e vestir, únicas necessidades que tem (e essas com sobriedade e modéstia), perde-o no tute no último dia de cada mês... De seu pagamento de reserva não falemos, dado que este sempre é afetado às custas de alguma sumária por desacato à autoridade... Enfim, apesar de tudo, eu o amo e compadeço como a um mau filho..., e não tendo tido a felicidade de tê-los nem bons nem maus em minhas três núpcias, e devendo ir parar para ele, por força da lei, meu título nobiliárquico, penso deixar-lhe todos meus saneados bens; coisa que o muito tonto não imagina, e que Deus me livre que chegue a saber; pois, sabendo, demitir-se-ia de seu cargo de Contador, ou trataria de arruinar-me, para que nunca o julgasse interessado pessoalmente em meus haveres. Acreditará, sem dúvida, o desafortunado, baseando-se em aparências e falatórios caluniosos, que penso legar em favor de uma sobrinha de minha última consorte; e eu o deixo em seu equívoco, por razões anteriormente ditas!... Imagine a senhora, pois, seu espanto no dia que herde meus milhõezinhos! E que estrago fará com ele no mundo! Tenho a certeza de que, aos três meses, ou é Presidente do Conselho de Ministros ou Ministro da Guerra ou o fuzilou o general Narváez. Meu maior gosto teria sido casá-lo, para ver se o matrimônio o amansava e domesticava, e eu lhe daria, paralelamente, mais dilatadas esperanças de sucessão para um título de Marquês, mas nem Jorge pode enamorar-se, nem o confessaria ainda que se enamorasse, nem nenhuma mulher poderia viver com semelhante ouriço... Assim é, imparcialmente retratado, nosso famoso Capitão Veneno; pelo que suplico à senhora que tenha paciência para agüentá-lo algumas semanas, na segurança de que eu saberei agradecer tudo que as senhoras façam pela sua saúde e pela sua vida, como se o fizessem por mim mesmo.

O Marquês tirou e desdobrou um lenço, ao terminar esta parte de seu discurso, e o passou pela testa, ainda que não suasse... Voltou em seguida a dobrá-lo simetricamente, meteu-o no bolso posterior esquerdo da sobrecasaca, pareceu beber um gole de água, e disse assim mudando de atitude e tom:

VI – A viúva do caudilho

— Falemos agora de ninharias, impróprias até certo ponto, de pessoas de nossa posição, mas que temos que entrar forçosamente. A fatalidade, senhora condessa, trouxe a esta casa, e impede sair dela em quarenta ou cinqüenta dias, a um estranho para as senhoras, a um desconhecido, a um dom Jorge de Córdoba, de quem nunca havia ouvido falar, e que tem um parente milionário... A senhora não é rica, como acaba de contar-me...

— Eu sou! — interrompeu valentemente a guipuzcoana.

— A senhora não é..., coisa que a honra muito, posto que seu magnânimo esposo se arruinou defendendo a mais nobre causa... Eu, senhora, sou também algo carlista!

— Ainda que o senhor fosse o próprio dom Carlos! Fale-me de outro assunto, ou damos por terminada esta conversa. Pois não faltava mais nada, eu aceitar dinheiro alheio para cumprir com meus deveres de cristã!

— Mas a senhora não é médico, nem boticário, nem...

— Meu bolso é tudo isso para seu primo! As muitas vezes que meu esposo caiu ferido defendendo a dom Carlos (menos a última que, indubitavelmente em castigo de estar já de acordo com o traidor Maroto, não achou quem o auxiliasse, e morreu esvaindo-se em sangue no meio de um bosque), foi socorrido por camponeses de Navarra e Aragão, que não aceitaram restituição nem presente algum... O mesmo farei eu com dom Jorge de Córdoba, queira ou não sua milionária família!

— No entanto, condessa, eu não posso aceitar — observou o marquês, entre satisfeito e irritado.

— O que o senhor nunca poderá é privar-me da alta honra que o céu me ofereceu ontem! Contava-me meu defunto esposo que, quando um navio mercante ou de guerra descobre na solidão do mar e salva da morte algum náufrago, este é recebido a bordo com honras reais, ainda que seja o mais humilde marinheiro. A tripulação sobe às vergas, estende-se um bonito tapete na escala de estibordo, e a música e os tambores batem a Marcha Real de Espanha... O senhor sabe por quê? Porque naquele náufrago a tripulação vê um enviado da Providência! Pois o mesmo farei eu com seu primo! Eu porei a seus pés toda minha pobreza por tapete, como poria mil de milhões se os tivesse.

— Generala! — exclamou o marquês, chorando à lágrima viva. — Permita-me beijar-lhe a mão!

— E permita-me, querida mamãe, que eu a abrace cheia de orgulho! — acrescentou Angústias, que havia ouvido toda a conversa da porta da sala.

Dona Teresa se pôs também a chorar, ao ver-se tão aplaudida e celebrada. E como a galega, notando que os outros gemiam, não desperdiçava também a ocasião de soluçar (sem saber por quê), armou-se ali tal confusão de biquinhos, suspiros e bendições, que mais vale virar a folha, a menos que os leitores saiam também debulhando-se em pranto, e eu fique sem público a quem seguir contando minha pobre história...

VII - Os pretendentes de Angústias

— Jorge! — disse o marquês ao Capitão Veneno, penetrando na alcova com ar de despedida. — Aqui o deixo! A senhora generala não consentiu que corram a nosso encargo nem sequer o médico e a botica; de modo que você estará aqui como se estivesse em casa de sua própria mãe se vivesse. Nada lhe digo da obrigação em que se encontra de tratar a estas senhoras com afabilidade e bons modos, ao teor de seus bons sentimentos, dos quais não duvido, e dos exemplos de cidadania e cortesia que lhe tenho dado; pois é o mínimo que você pode e deve fazer em obséquio de pessoas tão especiais e caridosas. À tarde voltarei aqui, se minha senhora condessa me dá permissão para isso, e farei com que lhe tragam roupa branca, as coisas mais urgentes que tenha que assinar e cigarros de papel. Diga-me se quer algo mais de sua casa ou da minha.

— Homem! — respondeu o Capitão. — Já que é tão bonzinho, traga-me um pouco de algodão em rama e uns óculos escuros.

— Para quê?

— O algodão para tapar os ouvidos e não ouvir palavras inúteis e os óculos escuros para que ninguém leia em meus olhos as atrocidades que penso.

— Ao diabo! — respondeu o marquês, sem poder conservar sua gravidade, como tampouco puderam refrear o riso dona Teresa e Angústias.

E com isso, despediu-se delas o potentado, dirigindo-lhes as frases mais carinhosas e expressivas, como se já as conhecesse há muito tempo.

— Excelente pessoa! — exclamou a viúva, olhando com o rabo do olho para o Capitão.

— Muito bem, senhor! — disse a galega, guardando uma moeda de ouro que o marquês lhe havia dado.

— Um mequetrefe! — grunhiu o ferido, encarando a silenciosa Angústia. — É assim que as senhoras mulheres queriam que todos os homens fossem! Ah, traidor! Seráfico! Bajulador! Marica! Alcoviteiro de monjas! Não morrerei sem que me pague por esta má partida que jogamos hoje, ao deixar-me em poder de meus inimigos! Quando ficar bom, vou me demitir de seu escritório e vou me inscrever para uma vaga de comandante de presídios, para viver entre pessoas que não me irritem com alardes de honradez e sensibilidade! Ouça, senhorita Angústias, posso saber por que está rindo de mim? Está olhando o quê?

— Homem! Estou rindo ao pensar que o senhor vai ficar muito feio com os óculos escuros.

— Melhor assim! Desse modo a senhora se livrará de ficar apaixonada por mim! — respondeu furiosamente o Capitão.

Angústias soltou uma gargalhada; dona Teresa fez um ar de crítica, e a galega rompeu a dizer, com velocidade de dez palavras por segundo:

— Minha senhorita não costuma apaixonar-se por ninguém! Desde que estou aqui deu o fora a um boticário da *Calle Mayor*, que tem coche; ao advogado do pleito da senhora, que é milionário, ainda que algo mais velho que o senhor, e a três ou quatro transeuntes do *Buen Retiro*...

— Cala-se, Rosa! — disse melancolicamente a mãe. — Não reconhece que isso são... flores que nos joga o cavalheiro Capitão? Por sorte já me explicou o senhor seu primo tudo o que importava saber a respeito do caráter de nosso amabilíssimo hóspede! Alegro-me, pois, de vê-lo de tão bom humor; e ah! se esta maldita fadiga me permitisse caçoar também!

O Capitão ficou bastante amuado, e imaginando alguma desculpa ou satisfação para dar à mãe e à filha. Mas só lhe ocorreu dizer, com voz e cara de menino aborrecido que não se dá por rogado:

— Angústias, quando me doer menos esta condenada perna, jogaremos o tute arrastado... Parece-lhe bem?

— Será para mim uma destacada honra... — contestou a jovem, dando-lhe o remédio que deveria tomar naquele instante. — Mas conte desde agora, senhor Capitão Veneno, com que lhe acusarei as quarenta![3]

Dom Jorge olhou-a com um olhar aparvalhado, e sorriu docemente pela primeira vez de sua vida.

---

[3] Em espanhol, *le acusaré las cuarenta* tem duplo sentido: 1. termo do jogo de tute (baralho); 2. dizer as verdades.

Terceira parte

FERIDAS NA ALMA

I – Escaramuças

Entre conversas e pendências nesta ordem, passaram-se quinze ou vinte dias, e progrediu muito a cura do Capitão. Na testa aparecia só uma leve cicatriz, e o osso da perna ia consolidando-se.

— Este homem tem carne de cachorro! — costumava dizer o médico.

— Obrigado pelo favor, curandeiro de Lúcifer! — respondia o Capitão em tom de afetuosa franqueza. — Quando sair à rua, vou levá-lo às touradas e às rinhas de galos; pois o senhor é verdadeiramente um homem!... Pois se tem fígados para remendar corpos rasgados!

Dona Teresa e seu hóspede acabaram também por afeiçoar-se, ainda que sempre estivessem brigando. Dom Jorge negava todos os dias que fosse expedida a concessão da viuvez, o que tirava a guipuzcoana do sério; mas regularmente convidava-a para sentar-se na alcova e dizia-lhe que, se não com os títulos de general nem de conde, havia ouvido citar várias vezes na guerra civil ao caudilho Barbastro como um dos chefes carlistas mais valentes e distintos e de sentimentos humanos e cavalheirescos... Mas quando a via triste e taciturna, como conseqüência de suas doenças e ataques, reservava-se de fazer piadas sobre o expediente, e chamava-a com toda naturalidade generala e condessa; coisa que a restabelecia e alegrava no ato; e, como havia nascido em Aragão, e para recordar à pobre viúva seus amores com o defunto carlista, cantarolava *jotas* daquela terra, que a deixavam entusiasmada e faziam-na chorar e rir ao mesmo tempo.

Estas amabilidades do Capitão Veneno e, sobretudo, o canto da *jota* aragonesa eram privilégio exclusivo da mãe; pois logo que Angústias se aproximava da alcova, cessavam completamente, e o enfermo fazia cara de turco. Dir-se-ia que odiava de morte a formosa jovem, talvez porque nunca conseguia discutir com ela, nem vê-la incomodada, nem que ela levasse a sério as atrocidades que ele lhe dizia, nem tirá-la daquela seriedade um pouco zombeteira que o desventurado qualificava de constante insulto.

Era de notar, no entanto, que quando em alguma manhã Angústias demorava para dar-lhe bom dia, o impossível dom Jorge perguntava cem vezes, em seu estilo de homem tremendo:

— E essa? E dona Náuseas? E essa preguiçosa? Não acordou ainda sua senhoria? Por que permitem que acorde a senhora tão cedo e não vem ela a trazer-me o chocolate?

Diga-me, senhora dona Teresa, está passando mal por acaso a jovem princesa de Santurce?

Tudo isso caso se dirigisse à mãe; e se fosse à galega, dizia-lhe com maior fúria:

— Ouça e entenda, monstro de Mondonhedo! Diga à sua insuportável senhorita que são oito horas e tenho fome! Que não precisa vir tão penteada e reluzente como de costume! Que de qualquer modo a detestarei com meus cinco sentidos! E, enfim, que se não vier logo, hoje não haverá tute!

O tute era uma comédia e até um drama diário. O Capitão o jogava melhor que Angústias; mas Angústias tinha mais sorte, e as cartas acabavam por sair voando para o teto ou até a sala das mãos daquela criança quarentona, que não podia agüentar a graciosíssima calma com que lhe dizia a jovem:

— Veja, senhor Capitão Veneno, como sou a única pessoa no mundo que nasceu para acusar-lhe as quarenta?

II – Coloca-se a questão

Assim estavam as coisas, numa manhã, sobre se deviam ou não abrir os vidros da janela da alcova, pois fazia um magnífico dia de primavera, mediaram entre dom Jorge e sua formosa inimiga palavras tão graves como as seguintes:

O CAPITÃO – Eu fico louco da senhora nunca me contrariar, nem se incomodar de ouvir meus disparates! A senhora me despreza! Se a senhora fosse um homem juro que haveríamos de andar às facadas!

ANGÚSTIAS – Mas se eu fosse homem me riria de todo esse gênio forte, o mesmo que rio sendo mulher. E, no entanto, seríamos bons amigos.

O CAPITÃO – Amigos a senhora e eu? Impossível! A senhora tem o dom infernal de dominar-me e exasperar-me com sua prudência; eu não chegaria nunca a ser amigo da senhora, senão seu escravo; e por não sê-lo, proporia à senhora que nos debatêssemos até a morte. Tudo isso... sendo a senhora homem. Sendo mulher, como o é...

ANGÚSTIAS – Continue! Não me poupe galanteios!

O CAPITÃO – Sim, senhora! Vou falar-lhe com toda franqueza! Eu sempre tive aversão instintiva às mulheres, inimigas naturais da força e da dignidade do homem, como acreditam Eva, Armida, aquela outra que brigou com Sansão, e muitas outras que cita meu primo. Mas, se há algo que me assuste mais que uma mulher, é uma senhora, e sobretudo uma senhorita inocente e sensível, com olhos de pomba e lábios de rosicler, com porte de serpente do paraíso e voz de sereia enganadora, com mãozinhas brancas como açucenas, que escondem garras de tigre, e lágrimas de crocodilo, capazes de enganar e perder a todos os santos da corte celestial... Assim é que meu sistema constante se reduziu a fugir das senhoras... Por que, diga-me que armas tem um homem de meu feitio para tratar com uma tirana de vinte primaveras, cuja força consiste em sua própria debilidade? É decorosamente possível bater em uma mulher? De modo algum! Pois então, que caminho resta a alguém quando conheça alguma pirralha, muito bonita e posta em termos, domina-o e governa, e o leva e o traz como a um cachorrinho.

ANGÚSTIAS – O que eu faço quando o senhor me diz essas atrocidades tão engraçadas! Agradecê-las... e sorrir! Porque o senhor já deve ter observado que eu não sou chorona...; razão pela qual em seu retrato da *Angústias* sobra isso das lágrimas de crocodilo...

O CAPITÃO – Está vendo? Lúcifer não daria essa resposta! Sorrir!... Ri de mim, é isso que a senhora faz continuamente! Pois bem! Dizia, quando a senhora me cravou esse novo punhal, que de todas as mocinhas que temia encontrar no mundo, a mais terrível, a mais odiosa para um homem de minha têmpera... – perdoe-me a franqueza – é a senhora! Eu não me lembro ter experimentado a ira que sinto quando a senhora sorri ao ver-me furioso! Parece que duvida de minha coragem, da sinceridade de meus arrebatos, da energia de meu caráter!

ANGÚSTIAS – Pois ouça-me o senhor agora, e creia que falo com inteira verdade. Muitos homens conheci já neste mundo; um ou outro me solicitou; a nenhum me prendi ainda... mas se eu tivesse que me apaixonar com o tempo, seria de algum índio bravo como o senhor. O senhor tem um gênio feito sob medida para o meu!

O CAPITÃO – Que o diabo a carregue! Generala! Condessa! Chame sua filha e diga-lhe que não me tire do sério! Enfim, o melhor é que não joguemos o tute hoje! Reconheço que não posso com a senhora... há algumas noites estou sem dormir, pensando nas nossas discussões, nas coisas duras que a senhora me obriga a dizer, nas irritantes brincadeiras que me responde, e no impossível que é vivermos em paz, apesar de estar muito agradecido... à casa. Ah! Melhor seria ter-me deixado morrer no meio da rua!... É muito triste causar aborrecimento, ou não poder tratar como Deus manda, a quem nos salvou a vida expondo a sua! Felizmente, logo poderei mexer esta maldita perna; irei ao meu quartinho da Rua de Tudescos, ao escritório de meu seráfico parente e ao Cassino da minha alma e acabará este martírio a que me condenou a senhora com sua cara, seu corpo e suas ações angelicais, e com sua frieza, suas brincadeiras e seu sorriso de demônio! Poucos dias restam para nos vermos! Logo encontrarei alguma maneira de seguir tratando a sós com sua mãe, quer seja na casa de meu primo, quer seja por cartas, ou encontrando-nos em alguma igreja... Mas quanto à senhora, glória minha, não voltarei a aproximar-me até que saiba que se casou!... Que digo? Isto é nunca! Em resumo... deixe-me em paz, ou amanhã ponha veneno em meu chocolate!

No dia que dom Jorge disse estas palavras, Angústias não sorriu, mas se pôs grave e triste...

O Capitão reparou nisso, e apressou-se em tapar o rosto com o lençol, murmurando para si mesmo:

— Passei dos limites ao dizer que não quero jogar o

tute! Mas, como voltar atrás? Seria desonrar-me! Nada! Engula sapos, senhor Capitão Veneno! Os homens devem ser homens!

Angústias, que tinha saído já da alcova, não se inteirou do arrependimento e tristeza que se revolviam sob as roupas daquela cama.

III – A convalescença

Sem novidade alguma digna de nota, transcorreram outros quinze dias, e chegou aquele em que nosso herói devia abandonar o leito, se bem que com ordem terminante de não sair de uma cadeira e de ter a perna má estendida sobre outra.

Sabendo disso o marquês dos Tomillares, cuja visita não faltou nenhuma manhã a dom Jorge, ou melhor dito, a suas adoráveis enfermeiras, com quem se entendia melhor que com seu áspero e raivoso primo, enviou a este, ao amanhecer, uma magnífica cadeira-cama, de carvalho, ferro e damasco, que havia mandado construir com a antecipação devida.

Aquele luxuoso móvel era uma obra-prima, pensada e dirigida pelo minucioso aristocrata: tinha grandes rodas que facilitariam a condução do enfermo de uma parte a outra, e articulado por meio de muitas molas, que permitiam dar-lhe forma, ora de leito militar, ora de poltrona mais ou menos levantada, com apoio, neste último caso, para estender a perna direita, e com sua mesinha, sua estante, sua escrivaninha, seu espelho e outros acessórios de tira e põe admiravelmente condicionados.

Para as senhoras mandou, como todos os dias, delicadíssimos ramos de flores, e além disso, por extraordinário, um grande ramalhete de doces e doze garrafas de champanhe, para que celebrassem a melhora de seu hóspede. Presenteou o médico com um belo relógio e vinte e cinco *duros* à criada, e com tudo isso aconteceu uma verdadeira festa naquela casa, apesar da respeitável guipuzcoana estar cada vez pior de saúde.

As três mulheres disputaram o prazer de passear o Capitão Veneno na cadeira-cama; beberam champanhe e comeram doces, tanto os enfermos como os sãos, bem como o representante da medicina: o marquês fez um longo discurso em favor da instituição do matrimônio, e o próprio dom Jorge se dignou a rir duas ou três vezes, fazendo gracejo de seu pacientíssimo primo, e cantar em público (ou seja diante de Angústias) algumas *coplas de jota* aragonesa.

IV – Olhar retrospectivo

Verdade seja dita que desde a célebre discussão sobre o belo sexo, o Capitão havia mudado um pouco, se não de estilo e modos, ao menos de humor... e quem sabe de idéias e sentimentos! Reconhecia que as saias lhe causavam menos horror que no princípio, e todos tinham observado que aquela confiança e benevolência que já lhe merecia a senhora de Barbastro, iam transcendendo a suas relações com Angústias.

Continuava, isso sim, por teimosia aragonesa mais que por outra coisa, dizendo-se seu imortal inimigo, e falando-lhe com aparente acrimônia e aos gritos, como se estivesse comandando soldados; mas seus olhos a seguiam e pousavam nela com respeito, e, se por acaso se encontrava com o olhar (cada vez mais grave e triste desde aquele dia) da impávida e misteriosa jovem, pareciam perguntar sofregamente que gravidade e tristeza eram aquelas.

Angústias deixou por sua parte de provocar o Capitão e de sorrir quando lhe via possuído de cólera. Servia-lhe em silêncio, e em silêncio suportava seus desvios mais ou menos ásperos e sinceros, até que ele se punha também grave e triste, e perguntava-lhe com certa simplicidade de menino bom:

— Que tem? Está incomodada comigo? Começa a pagar-me o aborrecimento de que tanto falei?

— Deixemo-nos de besteiras, Capitão! — respondia ela. — Muito discutimos já os dois..., falando de coisas muito formais!

— A senhora se declara, pois, em retirada?

— Em retirada... de quê?

— Vá lá! A senhora o sabe! Não se fez de tão valente e batalhadora no dia que me chamou de índio bravo?

— Pois não me arrependo disso, meu amigo... Mas chega de despropósitos, e até amanhã.

— Já vai? Isso não vale! Isso é fugir! — costumava dizer-lhe então o obstinado.

— Como o senhor queira! — respondia Angústias, encolhendo os ombros. — O fato é que me retiro...

— E o que eu vou fazer aqui sozinho a noite toda? Repare que são ainda sete horas!

— Isso não é problema meu. O senhor pode rezar, ou dormir, ou conversar com mamãe... Eu tenho que continuar arrumando o baú de papéis de meu defunto pai... Por que o senhor não pede um baralho a Rosa, e joga paciência?

— Seja franca! — exclamou um dia o impertinente solteirão, devorando com os olhos as branquíssimas e encovadas mãos de sua inimiga. — A senhora guarda rancor porque desde aquela manhã não voltamos a jogar o tute?

— Pelo contrário! Alegro-me que tenhamos deixado de lado também essa brincadeira! — respondeu Angústias, escondendo as mãos no roupão.

— Pois então, criatura de Deus, o que a senhora quer?

— Eu, senhor dom Jorge, não quero nada.

— Por que a senhora não me chama mais de "Senhor Capitão Veneno"?

— Porque entendi que o senhor não merece esse nome.

— Ora! Ora! Voltamos às suavidades e aos elogios? Que sabe a senhora de como sou por dentro?

— O que sei é que o senhor não chegará nunca a envenenar ninguém...

— Por quê? Por covardia?

— Não, senhor, mas porque o senhor é um pobre homem, com muito bom coração, ao qual lhe pôs correntes e mordaças, não sei se por orgulho ou por medo a sua própria sensibilidade... E, se não, que perguntem à minha mãe...

— Vá! Vá! Viremos essa folha! A senhora guarda suas celebrações como guarda suas mãozinhas de marfim! Essa menina se propôs a virar-me ao contrário!

— O senhor muito ganharia em que me propusesse e o conseguisse, pois o inverso do senhor é o direito! Mas não estamos nesse caso... Que tenho eu que ver com seus negócios?

— Raios! A senhora pôde fazer essa pergunta na tarde que se deixou fuzilar para salvar a minha vida! — exclamou D. Jorge com tanto ímpeto como se, em vez de agradecimento, tivesse arrebentado em seu coração uma bomba.

Angústias olhou para ele muito contente e disse com nobre ardor:

— Não estou arrependida daquela ação; pois se muito admirei o senhor ao vê-lo bater-se na tarde de 26 de março, mais o admirei ao ouvi-lo cantar, em meio à sua dor, a *jota* aragonesa, para distrair e alegrar minha pobre mãe!

— É isso! A senhora está caçoando agora de minha voz ruim!

— Jesus, que homem dos diabos! Eu não estou caçoando do senhor, nem o caso o merece! Eu fiquei a ponto de chorar, e lhe bendisse de longe, cada vez que o ouvi cantar aquelas *coplas*!

— Lagrimazinhas! Pior que pior! Ah, senhora dona Angústias! Com a senhora há que se ter muito cuidado! A senhora se propôs a fazer-me dizer coisas ridículas e bobagens impróprias a um homem de caráter, para depois rir-se de mim e declarar-se vencedora!... Afortunadamente, estou de sobreaviso, e assim que me veja próximo a cair em suas redes, começarei a correr, com a perna rota e tudo, e não pararei até Pequim. A senhora deve ser o que chamam uma coquete!

— E o senhor é um desventurado!

— Melhor para mim!

— Um homem injusto, um selvagem, um estúpido...

— Aperte! Aperte! Assim eu gosto! Finalmente vamos brigar uma vez!

— Um mal agradecido!

— Isso não, caramba! Isso não!

— Pois bem: guarde seu agradecimento, que eu, graças a Deus, não o necessito para nada! E, sobretudo, faça o obséquio de não voltar a inventar estas conversas...

Assim disse Angústias, virando-se de costas com verdadeira irritação.

E assim ficava sempre, escuro e complicado, o importantíssimo ponto que, sem sabê-lo, discutiam aqueles dois seres desde que se viram pela primeira vez..., e que muito cedo ficaria mais claro que a água.

V. Peripécia

O tão celebrado e jubiloso dia em que se levantou o Capitão Veneno havia de ter um fim assaz lúgubre e lamentável, coisa muito freqüente na humana vida, segundo o que mais atrás, e por razões inversas que as de agora, dissemos filosoficamente.

Estava anoitecendo: o médico e o marquês acabavam de sair, e Angústias e Rosa haviam saído também, por conselho da muito complacente guipuzcoana, para rezar um Salve a Virgem do Bom Sucesso, quando o Capitão, a quem já haviam posto na cama de novo, ouviu soar a campainha da rua, e que dona Teresa abria a veneziana e perguntava: "Quem é?"; e logo dizia abrindo a porta: "Como havia eu de pensar que viesse o senhor a esta hora! Entre por aqui!"; e que uma voz de homem exclamava, afastando-se até os quartos interiores: "Sinto muito, senhora...".

O resto da frase se perdeu na distância, e assim ficou tudo por alguns minutos, até que soaram outra vez passos e ouviu-se o mesmo homem que dizia, como se despedindo: "Espero que a senhora melhore e tranqüilize-se...", e dona Teresa que contestava: "O senhor não faça caso...."; depois do qual se voltou a sentir abrir e fechar a porta e reinou na casa profundo silêncio.

Percebeu o Capitão que alguma coisa estava acontecendo com a viúva, e até esperou que entrasse para contar-lhe; mas ao ver que não acontecia assim, deduziu que o negócio seria de ordem dos segredos domésticos, e absteve-se de perguntar em voz alta, embora parecesse ouvi-la suspirando no corredor ao lado...

Nisto voltaram a chamar à porta da rua, e instantaneamente abriu-a dona Teresa, o que demonstrava que não havia dado nenhum passo desde que saiu a visita, e então se ouviram estas exclamações de Angústias:

— Por que nos esperava com a mão no trinco da porta? Mamãe! O que a senhora tem? Por que está chorando? Por que não me responde? Está mal? Jesus, Meu Deus! Rosa! Vá correndo e chame o Doutor Sánchez! Minha mãe está morrendo! Venha, espere! Ajude-me a levá-la ao sofá da sala!... Não está vendo que está caindo? Coitada da minha mãe! Mãe da minha alma! O que tem que não pode andar?

Efetivamente; dom Jorge, da alcova, viu entrar na sala dona Teresa quase arrastada, pendurada no pescoço de sua filha e de sua criada, e com a cabeça caída sobre o peito.

Lembrou-se então Angústias de que o Capitão estava no mundo, e deu um grito furioso, encarando-o e dizendo:

— O que o senhor fez com a minha mãe?

— Não! Não!... Coitadinho! Ele não sabe de nada!... — apressou-se em dizer a enferma com amoroso acento. — Fiquei mal sozinha... Já está passando...

O Capitão estava vermelho de indignação e de vergonha.

— A senhora está ouvindo, senhorita Angústias! — exclamou por fim em tom muito amargo e triste. — A senhora me caluniou inumanamente! Mas ah!, não... Eu não sou quem me caluniou desde que estou aqui! Merecida tenho essa injustiça da senhora! Dona Teresa! Não faça caso dessa ingrata e diga-me que já está boa ou estouro aqui, onde me vejo atado pela dor e crucificado por minha inimiga!

Enquanto isso, a viúva havia sido colocada no sofá e Rosa atravessava a rua em busca do doutor.

— O senhor me perdoe, Capitão — disse Angústias. — Considere que é minha mãe e que a encontrei morrendo longe do senhor, a cujo lado a deixei faz quinze minutos... É que veio alguém na minha ausência?

O Capitão ia responder que sim, quando dona Teresa havia já respondido apressadamente:

— Não! Ninguém!... Não é verdade que ninguém, senhor dom Jorge? Estas são coisas de nervos..., vapores..., velhice, e nada mais que velhice! Já estou bem, minha filha.

Dom Jorge suava de dor.

Assim que o médico chegou e logo que tomou o pulso à viúva (a quem meia hora antes havia deixado tão contente e em quase estado normal), disse que havia que deitá-la imediatamente e que deveria ficar na cama por algum tempo, até que cessasse a grande comoção nervosa que acabava de experimentar... Em seguida manifestou a Angústias e a dom Jorge que o mal de dona Teresa radicava no coração, do qual tinha completa evidência desde que tomou seu pulso pela primeira vez na tarde de 26 de março, e que semelhantes afecções ainda que não fossem fáceis de curar inteiramente, podiam ser levadas por longo tempo a força de repouso, bem estar, alegria moderada, bons tratos e não sei quantos outros prodígios..., cuja base principal era o *dinheiro*.

— Em 26 de março! — murmurou o Capitão. — Quer dizer que eu tenho culpa de tudo o que está acontecendo!

— Eu é que tenho! — disse Angústias, como falando para si mesma.

— Não busquem a causa das causas! — expôs melancolicamente o doutor Sánchez. — Para que haja culpa há que preceder intenção, e os senhores são incapazes de haver querido prejudicar dona Teresa.

Os dois anistiados se olharam com angelical assombro, ao ver que a ciência emaranhava os miolos para tirar deduções tão óbvias ou tão cruéis; e fixando assim sua consideração no que realmente lhes importava então, disseram ao mesmo tempo:

— É preciso salvá-la!

Aquilo era começar a se entender.

VI. Catástrofe

Assim que o médico se foi e depois de longo debate, chegou-se ao acordo de pôr a cama da viúva no escritório que, como já dissemos, situava-se no extremo da sala, frente a frente da alcova ocupada por dom Jorge.

— Desta maneira — disse a prudentíssima Angústias

— poderão ver-se e conversar os dois doentinhos, e será fácil para Rosa e eu atender a ambos da sala de noite que a cada um nos caiba velar.

Aquela noite ficou Angústias e nada ocorreu de particular. Dona Teresa sossegou muito de madrugada e dormiu coisa de uma hora. O médico a encontrou muito aliviada na manhã seguinte; e, como passou também o dia cada vez mais tranqüila, a segunda noite Angústias se retirou ao seu quarto depois das duas, cedendo às ternas súplicas de sua mãe e às ordens do Capitão, e Rosa ficou de enfermeira... na mesma cadeira, na mesma postura e com os mesmos roncos que velou dom Jorge na noite que o fizeram.

Seriam as três e meia da manhã quando nosso capcioso herói, que não dormia, ouviu que dona Teresa respirava com dificuldade e chamava-o com voz entrecortada e surda.

— Vizinha, a senhora está me chamando? — perguntou dom Jorge, disfarçando sua inquietude.

— Sim..., Capitão... — respondeu a enferma. — Acorde Rosa com cuidado, de modo que não ouça minha filha. Já não posso levantar a voz...

— Mas que é isso? A senhora se sente mal?

— Muito mal! E quero falar com o senhor a sós antes de morrer... Faça com que Rosa o coloque na cadeira de rodas e o traga até aqui... Mas procure não despertar minha pobre Angústias...

O Capitão executou ponto por ponto o que lhe dizia dona Teresa, e no fim de poucos instantes se achava ao seu lado.

A pobre viúva tinha febre muito alta e se afogava de fadiga. Em seu lívido rosto já se via impressa a indelével marca da morte.

O Capitão estava aterrado pela primeira vez em sua vida.

— Deixe-nos, Rosa...; mas não acorde a senhorita Angústias!... Deus me deixará viver até o amanhecer, e então a chamarei para que possamos nos despedir. Ouça, Capitão...! Estou morrendo!

— A senhora não vai morrer! — respondeu dom Jorge, apertando a ardente mão da enferma. — É só uma agonia como a de ontem à tarde... Além disso eu não quero que a senhora morra.

— Estou morrendo, Capitão... Eu sei... Inútil seria chamar o médico... Chamemos o confessor... isso, sim!..., ainda que se assuste minha pobre filha..., mas será quando o senhor e eu acabemos de conversar. Porque o urgente agora é que nós falemos sem testemunhas!...

— Pois já estamos falando! — respondeu o Capitão, alisando os bigodes em sinal de medo. — Peça-me o pouco e fraco sangue com que entrei nesta casa, e o abundante e muito rico que criei nela, e todo lhe derramarei com gosto!...

— Isso eu sei... Isso eu sei, meu amigo... O senhor é muito honrado e nos quer bem... Pois, meu querido Capitão, saiba o senhor tudo... Ontem à tarde veio meu procurador e disse-me que o governo havia se decretado contrário ao expediente de minha viuvez.

— Demônios! E por essa bagatela a senhora se consome? O Governo negou a mim tantas instâncias!

— Já não sou nem condessa nem generala... — continuou a viúva. — O senhor tinha muita razão quando me poupava desses títulos!

— Melhor que melhor! Eu também não sou general nem marquês, e meu avô era um e outro! Estamos iguais.

— Ótimo; mas o caso é que eu... eu... estou completamente arruinada! Meu pai e meu marido gastaram, defendendo a dom Carlos, tudo o que tinham... Até hoje vivi com o produto de meus adornos, e há oito dias vendi o último...; uma gargantilha de pérolas muito bonita... Causa-me rubor falar ao senhor destas misérias!...

— Fale, senhora! Fale! Todos temos passado apuros! Se a senhora soubesse os embaraço em que me meti por causa do maldito tute!

— Mas é que este embaraço não tem remédio! Todos meus recursos e todo o porvir de minha filha estavam cifrados nessa viuvez, que com o tempo teria sido a orfandade de Angústias... E hoje... a pobrezinha não tem porvir, nem presente, nem dinheiro para meu enterro... Porque o senhor deve saber que o advogado que me assessorava, ferido em seu orgulho, como resultado de a menina lhe haver desdenhado, ou desejoso de aumentar nossa desgraça, a fim de render a vontade de Angústias e obrigá-la a se casar com ele..., enviou-me anteontem à noite a conta de seus honorários, ao mesmo tempo que a notícia fatal... O procurador trazia também a relação dos seus, e falou numa linguagem tão cruel, da parte do advogado, misturando as palavras "desconfiança...", "insolvência", "execução", e tantas outras, que ceguei e não vi, abri a gaveta, e lhe entreguei tudo o que me pedia; quer dizer, tudo o que me restava, o que me haviam dado pela gargantilha de pérolas, meu último dinheiro, meu último pedaço de pão... Por conseguinte, Angústias é tão pobre como as infelizes que pedem de porta em porta... E ela o ignora! Ela dorme tranqüila neste instante! Como, pois, não hei de estar morrendo?... O estranho é que não morresse anteontem à noite!

— Pois não morra por tão pouca coisa! — repôs o Capitão com suores de morte, mas com a mais nobre efusão. — A senhora fez muito bem em contar-me... Eu me sacrificarei vivendo entre saias como um despenseiro de freiras! Estaria escrito! Quando ficar bom, em vez de ir embora para minha casa, trarei aqui minha roupa, minhas armas, meus cachorros, e viveremos todos juntos até a consumação dos séculos...

— Juntos! — respondeu lugubremente a guipuzcoana. — Pois o senhor não está vendo que eu estou morrendo? O senhor não vê? O senhor pensa que eu lhe teria falado de meus apuros pecuniários, se não estivesse certa de que dentro de poucos horas estarei morta?

— Então, senhora... o que é que quer de mim? — perguntou horrorizado dom Jorge de Córdoba. — Porque dito está que para dispensar-me a honra e o gosto de pedir-me, ou de encarregar-me que peça a meu primo esse pobre barro que se chama dinheiro, não estaria a senhora passando tanta fadiga, sabendo o muito que estimamos as senhoras, e conhecendo-nos como creio que nos conhece... Dinheiro não há de faltar às senhoras nunca, enquanto eu viver! portanto, outra coisa é o que a senhora quer de mim, e suplico-lhe que, antes de dizer uma palavra mais, pense na solenidade das circunstâncias e em outras considerações muito relevantes.

— Eu não o compreendo, e eu mesma sei o que quero... — respondeu dona Teresa, com a sinceridade de uma santa. — Mas ponha-se em meu lugar, sou mãe...; adoro minha filha; vou deixá-la só no mundo; não vejo a meu lado na hora da morte, nem tenho sobre a face da terra pessoa alguma a quem recomendá-la que não seja ao senhor que, em meio a tudo, demonstra-lhe carinho... Na verdade, eu não sei de que modo poderá o senhor favorecê-la... O dinheiro é muito frio, muito repugnante, muito horrível... Mas mais horrível é ainda que minha pobre Angústias se veja obrigada a ganhar com suas mãos o sustento, a pôr-se a servir, a pedir esmola!... Justifica-se, por conseguinte, que, ao sentir que morro, tenha chamado o senhor para despedir-me, e que, com as mãos cruzadas e chorando pela última vez em minha vida, diga ao senhor da borda do sepulcro: Capitão: seja o senhor o tutor, seja o senhor o pai, seja o senhor um irmão de minha pobre órfã!... Ampare-a! Ajude-a! Defenda sua vida e sua honra! Que não morra de fome nem de tristeza!

Que não fique só no mundo!... Imagine que hoje lhe nasce uma filha!

— Graças a Deus! - exclamou dom Jorge, batendo nos braços da cadeira de rodas. — Farei por Angústias tudo isso e muito mais! Mas passei maus bocados, pensando que a senhora ia me pedir que me casasse com a menina!

— Senhor dom Jorge de Córdoba! Isso não pede nenhuma mãe! Nem minha Angústias toleraria que eu dispusesse de seu nobre e valoroso coração! — disse dona Teresa com tal dignidade, que o Capitão ficou hirto de espanto.

Recobrou-se em seguida o pobre homem e expôs com a humildade do mais carinhoso filho, beijando as mãos da moribunda:

— Perdão! Perdão, senhora! Sou um insensível, um monstro, um homem sem educação que não sabe se explicar!... Meu ânimo não foi ofender a senhora nem Angústias... O que quis avisá-la lealmente, é que eu faria muito desgraçada a essa formosa jovem, modelo de virtudes, se chegasse a me casar com ela; que eu não nasci para amar nem para que me amem, nem para viver acompanhado, nem para ter filhos, nem para nada que seja doce, terno e afetuoso... Eu sou independente, selvagem, como uma fera, e o jugo do matrimônio me humilharia, desesperar-me-ia, faria com que eu desse pulos até o céu. Além disso, nem ela me quer, nem eu a mereço, nem há por que falar do assunto. Por outro lado, faça-me a senhora o favor de crer, por esta primeira lágrima que derramo desde que sou homem, e por estes primeiros beijos de meus lábios, que tudo que eu possa agenciar no mundo, e meus cuidados, e minha vigilância, e meu sangue, serão para Angústias, a quem estimo, e quero, e amo, e devo a vida..., e até talvez a alma! Juro por esta santa medalha que minha mãe levou sempre ao pescoço... Juro por... Mas a senhora não me ouve, a senhora não me responde! A senhora não me olha! Senhora! Generala! Dona Teresa!... a senhora se sente pior? Ah, Deus meu! Parece que morreu! Diabos e demônios! E eu sem poder me mover! Rosa! Rosa! Água! Vinagre! Um confessor! Uma cruz e eu lhe recomendarei a alma como possa!... Mas aqui tenho minha medalha... Virgem Santíssima! Recebe em teu seio a minha segunda mãe! Pois, senhor, estou em maus lençóis! Pobre Angústias! Pobre de mim! Em boa me meti por sair caçando revolucionários!

Todas aquelas exclamações estavam muito bem postas. Dona Teresa morreu ao sentir em sua mão os beijos e as lágrimas do Capitão Veneno, e um sorriso de suprema felicidade vagava ainda pelos lábios entreabertos do cadáver.

VII. Milagres da dor

Aos gritos do consternado hóspede, seguidos de dolentes "ais" da criada, despertou Angústias... meio se vestiu, cheia de espanto, e correu até a habitação de sua mãe... Mas na porta encontrou atravessada a cadeira de rodas de dom Jorge, o qual, com os braços abertos e os olhos quase fora das órbitas, impedia-lhe a passagem, dizendo:

— Não entre, senhorita Angústias! Não entre ou me levanto, ainda que morra!

— Minha pobre mãezinha! Mãezinha da minha alma! Deixe-me ver minha mãe!... — gemeu a infeliz, pugnando por entrar.

— Angústias, em nome de Deus, não entre agora! Depois entraremos juntos... Deixe descansar quem tanto padeceu!

— Minha mãe morreu! — exclamou Angústias, caindo de joelhos junto à cadeira do Capitão.

— Pobre filha minha! Chora comigo quanto queiras! — respondeu dom Jorge, atraindo para seu coração a cabeça da pobre órfã e acariciando seu cabelo com a outra mão. — Chora com aquele que não havia chorado nunca, até hoje, que chora por ti... e por ela!...

Era tão extraordinária e prodigiosa aquela emoção em um homem como o Capitão Veneno, que Angústias, em meio a sua horrível desgraça, não pôde menos que significar-lhe apreço e gratidão, pondo-lhe uma mão sobre o coração...

E assim estiveram abraçados alguns instantes aqueles dois seres que a felicidade nunca houvera feito amigos.

Quarta parte

DE POTÊNCIA A POTÊNCIA

I. De como o Capitão chegou a falar sozinho

Quinze dias depois do enterro de dona Teresa Carrillo de Albornoz, perto das onze de uma esplêndida manhã do mês das flores, véspera, ou antevéspera de São Isidro, nosso amigo o Capitão Veneno passeava muito depressa pela sala principal da casa mortuária, apoiado em duas formosas e desiguais muletas de ébano e prata, presente do marquês de Tomillares; e ainda que o mimado convalescente estivesse sozinho ali, e não houvesse ninguém no escritório nem na alcova, falava de vez em quando a meia voz, com a raiva e a aspereza de costume.

– Nada! Nada!... Vejam só! – exclamou por último, parando no meio do quarto. – A coisa não tem remédio! Ando perfeitissimamente! E até acredito que andaria melhor sem estes pedaços de pau! Quer dizer, já posso ir embora para minha casa...

Aqui lançou um grande resfolego, como se suspirasse à sua maneira, e murmurou mudando de tom:

— *Posso*! Disse *posso*!... Que é poder? Antes eu pensava que o homem podia fazer tudo que quisesse, e agora vejo que nem sequer *pode querer* o que o acomoda... Astutas mulheres! Bem fazia eu por temê-las desde que nasci! E bem imaginei quando me vi rodeado de saias na noite de 26 de março! Inútil foi tua precaução, meu pai, de fazer-me ser amamentado por uma cabra! No fim dos anos mil, vim cair nas mãos destas algozes que te obrigaram a te suicidar!... Mas, ah!, eu escaparei, ainda que deixe meu coração em suas unhas!

Em seguida olhou o relógio, suspirou de novo, e disse muito em silêncio, como reservando-se de si mesmo:

— Onze e quinze, e ainda não a vi, embora eu esteja em pé desde as seis!... Bons tempos aqueles em que me trazia o chocolate e jogávamos o tute! Agora sempre que chamo, entra a galega... Importuna seja "tão digna servidora", como diria o tolo do meu primo! Mas, por outro lado, logo darão as doze, e me avisarão que o almoço está pronto... Irei à sala de jantar e me encontrarei com uma estátua vestida de luto que nem fala, nem ri, nem chora, nem come, nem bebe, nem sabe nada do que acontece, nada do que sua mãe me contou naquela noite; nada do que vai acontecer, se Deus não o remedia... Crê a muito orgulhosa que está em sua casa, e toda sua vontade é que acabe de ficar bom e vá embora, para que minha companhia não a desdoure na opinião das pessoas! Infeliz! Como tirá-la de seu erro? Como dizer-lhe que a tenho enganado; que sua mãe não me entregou nenhum dinheiro; que, há quinze dias, tudo o que se gasta aqui sai de meu próprio bolso? Ah! Isso nunca! Primeiro me deixo matar a dizer-lhe tal coisa! Mas que faço? Como não prestar-lhe, antes ou depois, contas verdadeiras ou fingidas? Como seguir assim indefinidamente? Ela não o consentirá. Ela ralhará comigo quando gradue que deve ter me acabado o que supunha que possuía sua mãe, e então se armará nesta casa a maior confusão!

Por aqui ia em seus pensamentos dom Jorge de Córdoba, quando soaram alguns golpezinhos na porta principal da sala, seguidos destas palavras de Angústias:

— Pode-se entrar?

— Entre, com mil demônios! — gritou o Capitão, louco de alegria, correndo para abrir a porta e esquecendo todos os seus alarmes e reflexões. — Já era tempo de a senhora me fazer uma visita como antigamente! Aqui a senhora tem ao urso enjaulado e aborrecido, desejando ter com quem brigar! A senhora quer que joguemos uma rodada de tute? Mas... o que aconteceu? Por que me lança esse olhar?

— Sentemo-nos e falemos, Capitão... — disse gravemente Angústias, cujo rosto feiticeiro, pálido como a cera, expressava a mais funda emoção.

Dom Jorge se retorceu os bigodes, como fazia sempre que pressentia tempestade, e sentando-se na beira da poltrona, olhando para um lado e para outro com ar de desassossego de réu condenado à morte.

A jovem sentou-se muito próxima dele; pensou uns

instantes, ou talvez tenha reunido forças para a já pressentida borrasca, e expôs por fim com imponderável doçura:

II. Batalha campal

— Senhor de Córdoba: na manhã em que morreu minha bendita mãe, e quando, cedendo a pedidos do senhor, retirava-me a meu aposento, depois de o senhor haver se empenhado em ficar a sós a velá-la, com uma piedade e uma veneração que não esquecerei jamais...

— Vamos, vamos, Angústias!... Quem disse medo? Cara feroz ao inimigo! Tenha coragem para sobrepor-se a essas coisas!

— O senhor sabe que não me tem faltado até hoje... — respondeu a jovem com maior calma. — Mas não se trata agora desta pena, com a qual vivo e viverei perpetuamente em santa paz, e a cujo doce tormento não renunciaria por nada do mundo... trata-se de contrariedades de outra índole, em que por fortuna cabem alterações, e que vão ter em seguida total remédio...

— Queira Deus! — rezou o Capitão, vendo cada vez mais perto a neblina.

— Dizia... — continuou Angústias — que naquela manhã que o senhor falou, sobre pouco mais, ou menos, assim: "Filha, minha..."

— Por Deus! As coisas que as pessoas dizem! Eu chamei a senhora de "filha minha..."!

— Deixe-me prosseguir, senhor dom Jorge: "Filha minha..., exclamou o senhor com uma voz que me chegou à alma, em nada tem que pensar agora a não ser chorar e pedir a Deus por sua mãe... A senhora sabe que assisti tão santa mulher nos últimos momentos... Por esse motivo, interei-me de todos os seus assuntos e fez a entrega do dinheiro que possuía, para que eu corra com o enterro, lutos e demais, como tutor da senhora, que me nomeou privadamente, e para livrá-la de cuidados nos primeiros dias de sua dor... Quando a senhora estiver mais tranqüila, ajustaremos contas..."

— E daí? — interrompeu o Capitão, franzindo a sobrancelha, como se, para parecer mais terrível, quisesse mudar a efetividade das coisas. — Não cumpri bem tais encargos? Fiz alguma loucura? A senhora acha que esbanjei sua herança?... Não era justo custear enterro maior àquela ilustre senhora? Ou por acaso já algum fofoqueiro referiu à senhora que pus na sepultura uma grande lápide, com seus títulos de Generala e Condessa? Pois o da lápide foi capricho meu pessoal, e tinha pensado em pedir à senhora que me permitisse pagar com meu dinheiro! Não pude resistir à tentação de proporcionar à minha nobre amiga o gosto e a gala de usar entre os mortos os títulos que os vivos não lhe permitiram usar!

— Ignorava isso da lápide... — proferiu Angústias com religiosa gratidão, tomando e estreitando a mão de dom Jorge, apesar dos esforços que este fez para retirá-la. — Deus lhe pague! Aceito esse presente, em nome de minha mãe e em meu próprio! Mas, ainda assim, o senhor fez muito mal, sumamente mal, em enganar-me a respeito de outros pontos; e, se antes tivesse me inteirado disso, antes teria vindo pedir-lhe contas.

— E pode se saber, minha querida senhorita, em que lhe enganei? — atreveu-se perguntar dom Jorge, não concebendo que Angústias soubesse coisas que só a ele, em momentos antes de expirar, havia referido dona Teresa.

— O senhor me enganou naquela triste manhã... — respondeu severamente a jovem —, ao dizer-me que minha mãe lhe havia entregado não sei que quantidade...

— E em que se funda Vossa Senhoria para desmentir com essa frescura a todo um Capitão do exército, a um homem honrado, a uma pessoa mais velha? — gritou com fingida veemência dom Jorge, procurando meter a coisa a barato e armar confusão para sair daquele mal negócio.

— Fundo-me — respondeu Angústias sossegadamente — na segurança adquirida depois de que minha mãe não tinha dinheiro quando caiu de cama.

— Como que não? Essas jovenzinhas querem saber tudo! Pois a senhora ignora que dona Teresa acabava de penhorar uma jóia de muitíssimo valor?

— Sim... sim..., já sei! Uma gargantilha de pérolas com broche de brilhantes..., pela qual lhe deram quinhentos *duros*...

— Exatamente! Uma gargantilha de pérolas... como

nozes, de cujo importe nos resta ainda muito ouro para ir gastando!... A senhora quer que lhe entregue agora mesmo? Deseja a senhora encarregar-se agora da administração de sua fazenda? Tão mal lhe vai com minha tutoria?...

— Como o senhor é bom, Capitão!... Mas que imprudente por outro lado! — repôs a jovem. — Leia esta carta, que acabo de receber, e verá onde estavam os quinhentos duros desde a tarde em que minha mãe caiu ferida de morte...

O Capitão ficou mais vermelho que uma amapola; mas ainda tirou forças da fraqueza, e exclamou, fingindo-se muito furioso:

— Então quer dizer que eu minto! Então um papelzinho merece mais crédito que eu! Então de nada me serve toda uma vida de formalidade, em que tive palavra de rei!

— Serve ao senhor, dom Jorge, para que eu lhe agradeça mais e mais no qual, por mim, e só por mim, tenha faltado esta vez a esse bom costume...

—Vejamos que diz a carta! — replicou o Capitão, por ver se achava nela meio de coonestar a situação —. Provavelmente será uma besteira!

A carta era do advogado ou assessor da defunta Generala, e dizia assim:

"*Senhora Dona Angústias Barbastro.*
Mui Digna Senhora e Amiga Minha:
Acabo de receber extra-oficialmente a triste notícia do óbito

de sua senhora mãe (Q.S.G.H), e acompanho a senhora em seu legítimo sentimento, desejando-lhe forças físicas e morais para sofrer tão inapelável e rude golpe da Superioridade que regula os destinos humanos.

Dito isso, que não é fórmula oratória de cortesia, mas expressão do antigo e alegado afeto que lhe professa minha alma, tenho que cumprir com a senhora outro dever sagrado, cujo teor é o seguinte:

O procurador ou agente de negócios de sua defunta mãe, ao notificar-me hoje a penosa nova, disse-me que, quando há duas semanas fui pôr em seu conhecimento a desfavorável resolução de expediente de viuvez, e apresentar-lhe várias notas de nossos honorários, tive ocasião de compreender que a senhora possuía apenas o dinheiro suficiente para satisfazê-los, como por desventura os satisfez no ato, com uma pressa em que acreditei ver novos sinais do amargo desvio que já me havia a senhora demonstrado com anterioridade...

Agora bem, minha querida Angústias: atormenta-me muito a idéia de que a senhora esteja passando apuros e moléstias em tão agravantes circunstâncias, pela exagerada presteza com que sua mãe me fez efetiva aquela soma (reduzido preço das seis solicitações, cujo rascunho lhe escrevi e até copiei a limpo), e peço à senhora consentimento prévio para devolver o dinheiro, e ainda agregar todo o demais que a senhora necessite e eu possua.

Não é culpa minha se não tenho personalidade suficiente nem outros títulos que um amor tão grande sem correspondência, ao fazer a senhora semelhante oferecimento, que lhe suplico aceite, na devida forma, de seu apaixonado e bom amigo, atento e seguro servidor, que beija seus pés,

TADEO JACINTO DE PAJARES"

— Veja a senhora aqui um advogado a quem vou lhe cortar o pescoço! — exclamou dom Jorge, levantando a carta sobre sua cabeça. — Que infame! Que judeu! Que canalha!... Assassina a boa senhora, falando-lhe de insolvência e execução ao pedir-lhe os honorários, para ver se a obrigava a dar-lhe a mão da senhora e agora quer comprar essa mesma mão com o dinheiro que lhe tirou por haver perdido o assunto da viuvez... Nada, nada! Vou a seu encalço! Vamos ver! Passe-me essas muletas! Rosa! Meu chapéu!... Quer dizer, vá até minha casa e diga para o entregarem a você. Ou melhor, traga-me, que estará na alcova, meu quepe de quartel... e o sabre! Mas não... não me traga o sabre! A muleta já me basta e sobra para quebrar-lhe a cabeça!

— Saia, Rosa..., e não faça caso; que estas são troças do senhor dom Jorge... — expôs Angústias, rasgando em pedaços a carta. — E o senhor, Capitão, sente-se e ouça-me... suplico-lhe. Eu desprezo o senhor advogado com todos os seus mal adquiridos milhões, e nem lhe respondi, nem lhe responderei. Covarde e avaro, imaginou então que poderia fazer sua a uma mulher como eu, só com defender em vão nos escritórios nossa má causa!... Não falemos mais, nem agora nem nunca, do indigno velho...

— Pois não falemos também de nenhuma outra coisa! — acrescentou o ladino Capitão, alcançando as muletas e começando a passear rapidamente, como se fugisse da interrompida discussão.

— Mas amigo meu... — observou com sentido tom a jovem. — As coisas não podem ficar assim...

— Bem! Bem! Depois falaremos disso. O que agora interessa é almoçar, pois eu estou faminto... E que forte me deixou a perna esse esperto doutor! Ando como um gamo! Diga-me, cara de céu, como estamos hoje?

— Capitão! — exclamou Angústias com irritação. — Não me moverei desta cadeira até que o senhor me ouça e resolvamos o assunto que aqui me trouxe!

— Que assunto? Vamos!... A senhora deixe de cantilenas... E a propósito de cantilenas... Juro não voltar a cantar em toda a minha vida a *jota* aragoesa! Pobre generala! Como ria ao ouvir-me!

— Senhor de Córdoba!... — insistiu Angústias com maior aspereza. — Volto a suplicar-lhe que preste alguma atenção a um caso em que estão comprometidas minha honra e minha dignidade!...

— Para mim a senhora não tem nada comprometido! - respondeu dom Jorge, usando a mais curta muleta como um florete. — Para mim a senhora é a mulher mais honrada e digna que Deus criou!

— Não basta sê-lo para o senhor! É necessário que todo mundo opine o mesmo! Sente-se, pois, e escute-me, ou mando chamar o senhor seu primo, o qual além de ser homem de consciência, poderá colocar um fim à vergonhosa situação em que me encontro.

— Digo à senhora que não me sento! Estou cansado de camas, poltronas e cadeiras... no entanto, a senhora pode falar o quanto queira... — replicou dom Jorge, deixando de estocar com o florete, mas ficando em primeira guarda.

— Pouco será o que lhe diga... — proferiu Angústias, voltando a sua grave entonação — e esse pouco... já deve ter ocorrido ao senhor desde o primeiro momento. Senhor Capitão: há quinze dias sustenta esta casa; o senhor pagou o enterro de minha mãe, o senhor me custeou os lutos; o senhor me deu o pão que tenho comido... Hoje não posso abonar-lhe o que gastou, mas o farei com o tempo..., mas saiba o senhor que desde agora mesmo...

— Com mil demônios! A senhora pagar-me! Pagar-me *ela*!... — gritou o Capitão com tanta dor como fúria, levantando para o alto as muletas até tocar com a maior o teto da sala. — Esta mulher se propôs a matar-me! E para isso quer que a escute! Pois não a ouço! Acabou a conferência! Rosa! O almoço! Senhorita: na sala de jantar a aguardo... Faça-me o obséquio de não demorar muito.

— Bom modo tem o senhor de respeitar a memória de minha mãe! Bem cumpre as promessas que lhe fez em favor desta pobre órfã! Veja o interesse que tem pela minha honra e minha tranqüilidade!... — exclamou Angústias com tal majestade, que dom Jorge se detêve como um cavalo que se freia; contemplou um momento a jovem, jogou as muletas longe, voltou a sentar-se na poltrona, e disse, cruzando os braços:

— A senhora fale até o final dos séculos!

— Dizia... - continuou Angústias, assim que se serenou — que a partir de hoje cessará a absurda situação criada pela sua imprudente generosidade. O senhor já está bem, e pode trasladar-se a sua casa...

— Bonito presente! — interrompeu dom Jorge, tapando logo sua boca como arrependido da interrupção.

— É o único possível!! — replicou Angústias.

— E que fará a senhora em seguida, criatura de Deus? - gritou o Capitão. — Viver de ar como os camaleões?

— Eu, imagine o senhor, venderei quase todos os móveis e roupas da casa...

— Que valem quatro quartos! - voltou a interromper dom Jorge, passeando um olhar depreciativo pelas quatro paredes do cômodo, não muito desmanteladas, em verdade.

— Valham o que valerem! - repôs a órfã com mansidão. — Isso é que deixarei de viver às custas do seu bolso, ou da caridade do senhor seu primo.

— Isso não! Ora bolas! Isso, não! Meu primo não pagou nada! — rugiu o Capitão com grande nobreza. — Pois não faltava mais nada, estando eu no mundo! Certo é que o pobre Álvaro... Eu não quero tirar-lhe o mérito, quando soube da fatal ocorrência, pôs-se à disposição...; quer dizer, a muitíssimo mais do que a senhora pode imaginar!... Mas eu lhe respondi que a filha da condessa de Santurce só poderia admitir favores, ou seja, fazê-los ela mesma, no mero feito de admiti-los, de seu tutor, dom Jorge de Córdoba, a cujos cuidados a confiou a defunta. O homem reconheceu a razão, e então me limitei a pedir-lhe emprestados, nada mais que emprestados, alguns maravedises, por conta do soldo que ganho em sua contadoria. Por conseguinte, senhorita Angústias, pode a senhora tranquilizar-se nesse particular, ainda que tenha mais orgulho que dom Rodrigo na forca.

—Tanto faz...— balbuciou a jovem —, claro que vou pagar a um ou a outro quando...

— Quando quê? Essa é toda a questão! Diga-me quando?

—Homem!... Quando, à força do trabalho, e com a ajuda de Deus misericordioso, abra-me caminho nesta vida...

— Caminhos, canais e portos! — vociferou o Capitão. —Vamos, senhora! Não seja tão ingênua! A senhora trabalhar! Trabalhar com essas mãos tão bonitas, que não me cansava de olhar quando jogávamos o tute! Pois, para que estou eu no mundo, se a filha de dona Teresa Carrillo, de minha única amiga!, há de pegar uma agulha, ou um ferro, ou um demônio para ganhar um pedaço de pão?

— Bem; deixemos tudo isso aos meus cuidados e ao tempo... — replicou Angústias, baixando os olhos. — Mas, enquanto isso, estamos de acordo que o senhor me fará o favor de ir embora hoje... Não é certo que irá embora hoje?

—Teimosia! Por que há de ser verdade? Por que hei de ir embora, se não estou mal aqui?

— Porque o senhor já está bem; já pode andar pela rua, como anda pela casa, e não me parece bem que sigamos vivendo juntos...

— Pois imagine a senhora que esta casa fosse de hóspedes!... Eh! Já tem acertado tudo! Assim não tem que vender móveis nem nada! Eu lhe pago minha hospedagem; as senhoras me cuidam... e pronto! Com os dois soldos que reúno tem de sobra para que todos passemos muito bem, posto que de agora em diante não me processarão por desacato; nem voltarei a perder nada no tute, a não ser a paciência... quando a senhora me ganhar muitos jogos seguidos... Ficamos combinados?

— O senhor não delire, Capitão! - proferiu Angústias com voz melancólica. – O senhor não entrou nesta casa como hóspede, nem ninguém acreditaria que o senhor estava nela em tal conceito, nem eu quero que esteja... Eu não tenho idade nem condições para ama de hóspedes!... Prefiro ganhar uma jornada costurando ou bordando.

— E eu prefiro que me enforquem! - gritou o Capitão.

— O senhor é muito compassivo... – prosseguiu a órfã –, e lhe agradeço de toda minha alma o que padece ao ver que em nada pode ajudar-me... Mas esta é a vida, este é o mundo, esta é a lei da sociedade.

— Que me importa a sociedade?

— A mim me importa muito! Entre outras razões porque suas leis são um reflexo da lei de Deus.

— Então é lei de Deus que eu não possa manter a quem queira!...

— É, senhor Capitão, pelo fato de estar a sociedade dividida em famílias...

— Eu não tenho família e, por conseguinte, posso dispor livremente de meu dinheiro!

— Mas eu não devo aceitá-lo. A filha de um homem de bem que tinha como sobrenome *Barbastro*, e de uma mulher de bem que tinha por sobrenome *Carrillo*, não pode viver às expensas de um qualquer...

— Então eu sou para a senhora *um qualquer*!...

— E um qualquer dos piores... para o caso que tratamos, considerando-se que o senhor é solteiro, ainda jovem, e nada santo... de reputação.

— Veja bem, senhorita! — exclamou resolutamente o Capitão, depois de breve pausa, como quem vai epilogar e resumir uma intrincada controvérsia. — Na noite que ajudei a dar uma boa morte à sua mãe, disse-lhe honradamente, e com minha franqueza habitual (para que aquela senhora não morresse enganada, mas sabendo do que estava acontecendo), que eu, o *Capitão Veneno*, passaria por tudo neste mundo menos ter mulher e filhos. A senhora quer mais claro?

— E é a mim que o senhor diz isso? — respondeu Angústias com tanta dignidade como graça. — O senhor pensa, por acaso, que eu estou pedindo indiretamente sua branca mão?

— Não, senhora! — apressou-se em contestar dom Jorge, ruborizando-se até o branco dos olhos. — Eu a conheço bastante para supor tal tolice! Além do mais, já vimos que a senhora despreza noivos milionários, como o advogado da famosa carta... Que digo? A própria dona Teresa me deu a mesma resposta, quando revelei meu inquebrantável propósito de nunca me casar... mas eu falo à senhora disto para que não estranhe nem leve a mal o que, estimando-a como a quero... (porque eu a quero muitíssimo mais do que imagina!), não corte o mal pela raiz e diga: "Basta de rodeios, filha minha! Casemo-nos e fiquemos em paz e depois a glória!".

— É que não basta que o senhor o diga!... — contestou a jovem com heróica frieza. — Seria preciso que o senhor me quisesse.

— Vamos por aí agora? — bramou o Capitão, dando um pulo. — Pois por acaso não a quero?

— De onde o senhor tirou semelhante probabilidade, cavalheiro dom Jorge? — repôs Angústias implacavelmente.

— Deixe de probabilidades e latim! — trovejou o pobre discípulo de Marte. — Eu sei o que digo! O que está acontecendo aqui, falando sem rodeios, é que não posso casar-me com a senhora, nem viver de outra maneira em sua companhia, nem abandoná-la a sua triste sorte!... Mas creia-me, Angústias; nem a senhora é uma estranha para mim, nem eu o sou para a senhora... e no dia que eu souber que a senhora ganha a jornada que falou; que a senhora trabalha em uma casa estranha; que a senhora trabalha com suas mãozinhas de nácar..., que a senhora tem fome..., ou frio... ou (Jesus! Não quero nem pensá-lo!), eu punha fogo em Madri ou matava-me com um tiro na cabeça! Consinta, pois; e já que não aceita que vivamos juntos como dois irmãos (porque o mundo está cheio de maus pensamentos), consinta que lhe dê uma pensão anual, como o davam os reis ou os ricos às pessoas dignas de proteção e ajuda...

— É que o senhor, dom Jorge, não tem nada de rico nem de rei.

— Certo! Mas é que a senhora é para mim uma rainha e devo e quero pagar-lhe tributo voluntário com quem costumam sustentar os bons súditos aos reis proscritos...

— Chega de reis e de rainhas, meu Capitão — prosseguiu Angústias com o triste sossego da desesperação. — O senhor não é nem pode ser para mim outra coisa que um excelente amigo de bons tempos, a quem sempre recordarei com prazer. Digamo-nos adeus e deixe-me sequer a dignidade na desgraça.

— Isto é! E eu, enquanto isso, viverei em um mar de rosas, com a idéia de que a mulher que me salvou a vida expondo a sua está passando maus pedaços! Eu terei a satisfação de pensar que a única filha de Eva de quem gostei, a quem quis, a quem... adoro com toda a minha alma, carece do mais necessário, trabalha para alimentar-se parcamente, vive em uma água-furtada e não recebe de mim nenhum socorro, nenhum consolo!...

— Senhor Capitão! — interrompeu Angústias solenemente. — Os homens que não podem casar e que tem a nobreza de reconhecê-lo e de proclamá-lo, não devem falar de adoração às senhoritas honradas. Portanto eu digo: peça uma carruagem, despidamo-nos como pessoas decentes, e o senhor saberá de mim quando me trate melhor a sorte.

— Ai, meu Deus de minha alma! Que mulher esta! — clamou o Capitão, tapando o rosto com as mãos. — Bem que a temi desde que a vi pela primeira vez! Não foi por acaso que deixei de jogar o tute com ela! Não foi por acaso que passei tantas noites sem dormir! Onde já se viu apuro semelhante ao meu? Como posso deixá-la desamparada e só, se a quero mais que a minha vida? Ou como me casar com ela, depois de tudo que declarei contra o matrimônio? Que diriam de mim no Cassino? Que diriam os que me encontrassem na rua com uma mulher de braço dado, ou em casa, dando papinha a um neném? Crianças para mim! Eu lutar com bonecos! Eu ouvi-los chorar! Viveria tão desesperado que, por não ver-me ou ouvir-me, a senhora pediria gritando o divórcio ou para ficar viúva!... Ah! Siga meu conselho! Não se case comigo, ainda que eu queira!

— Mas homem... — expôs a jovem, recostando-se em sua poltrona com admirável serenidade. — O senhor já disse tudo! De onde tirou a idéia de que eu desejo que nos casemos; que eu aceitaria sua mão; que eu não prefiro viver sozinha, ainda que para isso tenha que trabalhar dia e noite, como trabalham outras órfãs?

— De onde tirei essa idéia? — respondeu o Capitão com a maior ingenuidade do mundo. — Da natureza das coisas! De que os dois nos queremos! De que os dois nos necessitamos! De que não há outro acerto que um homem como eu e uma mulher como a senhora vivam juntos! A senhora crê que eu não a conheço; que não o havia pensado já, que me são indiferentes sua honra e seu nome? Mas falei por falar, para fugir de minha própria convicção, por ver se escapava ao terrível dilema que me tira o sono, e achava um modo de não casar-me com a senhora..., como ao fim terei que casar-me, se se empenha em ficar sozinha...

— Sozinha! Sozinha!... — repetiu com pilhéria Angústias. — E por que não melhor acompanhada? Quem disse que não encontrarei com o tempo um homem de meu gosto, que não tenha horror ao matrimônio?

— Angústias! Dobremos essa página! - gritou o Capitão, pondo-se da cor do enxofre.

— Por que dobrá-la?

— Dobremo-la, digo!... E saiba a senhora desde agora que comerei o coração do temerário que a pretenda... Mas faço muito mal em incomodar-me sem fundamento algum... Não sou tão tonto que ignore o que nos passa!... A senhora quer saber? Pois é muito simples. Nós dois nos queremos!... E não me diga que me engano, porque isso seria faltar com a verdade! E aí vai a prova. Se a senhora não me quisesse, não a quereria eu!... O que faço é pagar! E lhe devo tanto!... A senhora, depois de haver-me salvado a vida, assistiu-me como uma irmã de caridade; a senhora sofreu com paciência todas as barbaridades que, por livrar-me de seu poder sedutor, disse-lhe durante cinqüenta dias; a senhora chorou em meus braços quando morreu sua mãe; a senhora está me agüentando há uma hora!... Enfim... Angústias! ... Sejamos condescendentes... Cheguemos a um meio-termo... Dez anos de prazo lhe peço! Quando eu cumprir meio século, e seja já outro homem, doente, velho e acostumado à idéia da escravidão, casaremos sem que ninguém fique sabendo, e iremos para fora de Madri, ao campo, onde não haja público, onde ninguém possa escarnecer do antigo Capitão Veneno... Mas, enquanto isso, aceite a senhora, com a maior reserva, sem que o saiba viva alma, a metade de meus recursos... — A senhora viverá aqui, e eu em minha casa. Ver-nos-emos... sempre diante de testemunhas: por exemplo, em alguma tertúlia formal. Todos os dias nos escreveremos. Eu não passarei jamais por esta rua, para que a maledicência não murmure..., e, unicamente no dia de finados, iremos juntos ao cemitério, com Rosa, visitar dona Teresa...

Angústias não pôde mais que sorrir ao ouvir este supremo discurso do bom Capitão. E não era de escárnio aquele sorriso, mas prazeroso como um desejado alvorecer de esperança, como o primeiro reflexo do tardio astro da felicidade, que já ia aproximando-se no horizonte... Mas, mulher ao fim e ao cabo, ainda que tão digna e tão sincera, disse com dissimulada confiança e com a integridade própria de um recato verdadeiramente pleno de pudor:

— Há que se rir das extravagantes condições que impõe o senhor à concessão de seu não solicitado anel de noivado! O senhor é cruel em regatear ao necessitado esmolas que tem a altivez de não pedir, e que por nada desse mundo aceitaria! Pois acrescente que, na presente ocasião, trata-se de uma jovem... não feia nem desavergonhada, a quem está o senhor dando o fora há uma hora, como se ela lhe houvesse cortejado. Terminemos, por conseguinte, tão odiosa conversação, não sem que antes eu lhe perdoe, e até lhe agradeça por sua boa ainda que mal expressa vontade... Chamo já a Rosa para que peça um carro?

— Ainda não, cabeça dura! Ainda não! — respondeu o Capitão, levantando-se com ar muito pensativo, como se estivesse procurando dar forma a um pensamento abstruso e delicado. — Ocorreu-me outro modo de transação, que será o último...; entende, senhora aragonesa? O último que este outro aragonês se permitirá indicar-lhe!... Mas, para isso, preciso que antes me responda com lealdade a uma pergunta..., depois de ter me passado as muletas, a fim de ir embora sem falar mais palavra, no caso de que a senhora se negue ao que penso propor-lhe...

— Pergunte e proponha... — disse Angústias, passando-lhe as muletas com indescritível donaire.

Dom Jorge se apoiou, ou melhor dito, ergueu-se sobre elas; e, cravando na jovem um olhar pesquisador, rígido, imponente, interrogou-a com voz de magistrado:

— Agrado-lhe? Pareço-lhe aceitável, prescindindo destas muletas, que tirarei muito em breve? Temos base sobre que tratar? A senhora se casaria comigo imediatamente, se eu resolvesse pedir sua mão, sob a anunciada condição que direi logo?

Angústias percebeu que se jogava tudo ou nada... Mas,

ainda assim, pôs-se também de pé, e disse com seu nunca desmedido valor:

— Senhor dom Jorge: essa pergunta é uma indignidade, e nenhum cavalheiro a faz a quem considera senhora. Basta de bobagens!... Rosa! Rosa! O senhor de Córdoba te chama...

E, falando assim, a magnânima jovem se encaminhou para a porta principal da habitação, depois de fazer uma fria reverência ao endiabrado Capitão.

Este lhe interrompeu o caminho, graças à mais comprida de suas muletas, que estendeu horizontalmente até a parede, como um gladiador que se vai ao fundo, e então exclamou com humildade inusitada:

— Não vá embora, senhora, pela memória daquela que nos vê do céu! Resigno-me a que não responda à minha pergunta, e passo a propor-lhe a transação!... Estará escrito que não se faça mais do que a senhora queira! Mas tu, Rosita, saia daqui com cinco mil demônios, que nenhuma falta nos faz!

Angústias, que lutava para apartar o obstáculo imposto à sua passagem, parou ao ouvir a sentida invocação do Capitão, e olhando fixamente em seus olhos, sem voltar mais que a cabeça e com um indefinível ar de império, de sedução e de impassibilidade. Dom Jorge nunca a havia visto tão formosa nem tão expressiva! Agora sim que parecia uma rainha!

— Angústias... — continuou dizendo, ou melhor gaguejando aquele herói de cem combates, de quem tanto se prendeu a jovem madrilenha ao vê-lo como um leão entre centenas de balas. — Sob uma condição precisa, imutável, fundamental, tenho a honra de pedir-lhe sua mão, para que casemos, quando a senhora diga; amanhã..., hoje..., quando acertemos os papéis..., o mais rápido possível; pois já não posso viver sem a senhora!...

A jovem dulcificou seu olhar, e começou a pagar a dom Jorge aquele verdadeiro heroísmo com um sorriso terno e delicioso.

— Mas repito que é sob uma condição!... — apressou-se a acrescentar o pobre homem, percebendo que o olhar e o sorriso de Angústias começava a transtorná-lo e derretê-lo.

— Sob que condição? — perguntou a jovem com feiticeira calma, voltando-se de todo para ele, e fascinando-lhe com as torrentes de luz de seus negros olhos.

— Sob a condição - balbuciou o catecúmeno — de que se tivermos filhos... vamos colocá-los à roda dos enjeitados! Oh! E nisto não cederei jamais! A senhora aceita? Diga-me que sim, por Maria Santíssima!

— Pois não hei de aceitar, senhor Capitão Veneno? — respondeu Angústias, soltando uma gargalhada. — O senhor mesmo irá pô-los!... Que digo?... Iremos os dois juntos! E os deixaremos sem beijá-los nem nada, Jorge! Você acha que os deixaremos?

Assim disse Angústias, olhando a dom Jorge de Córdoba com angelical enlevo.

O pobre Capitão se sentiu morrer de ventura; um rio de lágrimas brotou de seus olhos, e exclamou estreitando entre seus braços a galharda órfã:

— Então estou perdido!

— Completissimamente perdido, senhor Capitão Veneno! – replicou Angústias. – Sendo assim, vamos almoçar; depois jogaremos o tute; e, à tarde, quando vier o Marquês, perguntaremos a ele se quer ser padrinho de nossa boda, coisa que o bom senhor está desejando, a meu ver, desde a primeira vez que nos viu juntos.

III - *Etiamsi omnes*

Uma manhã do mês de maio de 1852, quatro anos depois da cena que acabamos de resenhar, certo amigo nosso (o mesmo que nos contou a referida história) parou seu cavalo à porta de uma antiga casa com honras de palácio, situada na *Carrera de San Francisco* da vila e corte; entregou as rédeas ao lacaio que o acompanhava, e perguntou à sobrecasaca animada que saiu a seu encontro no portal.

— Está em seu escritório dom Jorge de Córdoba?

— O cavalheiro pergunta - disse em asturiano a interrogada peça de pano - pergunta, ao que imagino, pelo excelentíssimo senhor marquês de Tomillares...

— Como assim? Meu querido Jorge já é marquês? – replicou o apeado ginete. – Morreu por fim o bom dom Álvaro? Não estranhe que o ignore, pois a noite passada cheguei a Madri, depois de ano e meio de ausência!...

— O senhor marquês dom Álvaro – disse solenemente

o servidor, tirando a galonada tigela que levava por barrete — faleceu há oito meses, deixando por único e universal herdeiro a seu senhor primo e antigo contador desta casa, dom Jorge de Córdoba, atual marquês de Tomillares...

— Pois bem: faça-me o favor de avisar que lhe passem o recado de que aqui está seu amigo T...

— Suba, cavalheiro... Na biblioteca o encontrará. S. Ex.ª não gosta de que lhe anunciemos as visitas, mas que deixemos entrar a todo mundo como a Pedro por sua casa.

— Afortunadamente... — exclamou para si o visitante, subindo as escadas — eu conheço de cor a casa, ainda que não me chame Pedro... Então na biblioteca!...eh? Quem haveria de dizer que o Capitão Veneno se metesse a sábio!

Aquela pessoa percorreu várias habitações encontrando na passagem novos serventes que se limitavam a repetir: O senhor está na biblioteca..., chegou por fim à historiada porta de tal aposento, abriu-a de repente, e ficou estupefato ao ver o grupo que se ofereceu ante sua vista.

No meio da sala encontrava-se um homem posto de quatro sobre o tapete; em cima dele estava montado um menino como de três anos, esporeando-o com o salto, e outro menino, como de um ano e meio, colocado diante de sua despenteada cabeça, puxava-lhe pela gravata, como uma correia, dizendo-lhe imprecisamente:

— Upa, cavalinho!

Capitão Veneno

O PREGO

I - O número 1

O que mais ardentemente deseja todo aquele que põe o pé no estribo de uma diligência para empreender uma longa viagem, é que os companheiros de carro que lhe cabem por sorte sejam de amena conversa e tenham seus mesmos gostos, seus mesmos vícios, poucas impertinências, boa educação e uma franqueza que não caia para a familiaridade.

Porque, como já disseram e demonstraram Larra, Kock, Soulié e outros escritores de costumes, é assunto muito sério essa improvisada e íntima reunião de duas ou mais pessoas que nunca se viram, nem talvez voltem a se ver sobre a terra, e destinadas, no entanto, por um capricho do acaso, a acotovelar-se dois ou três dias, a fazer o desjejum, almoçar e jantar juntas, a dormir em cima de outra, a manifestar-se, enfim, reciprocamente com esse abandono e confiança que não concedemos nem a algum de nossos maiores amigos; isto é, com hábitos e fraquezas de casa e de família.

Ao abrir a porta acodem tumultuosos temores à imaginação. Uma velha com asma, um fumante de tabaco ruim, uma feia que não tolere o fumo do bom, uma ama de leite que se enjoe de ir em carruagem, anjinhos que chorem e além disso, um homem sério que ronque, uma venerável matrona que ocupe assento e meio, um inglês que não fale espanhol (suponho que vocês não falem o inglês), tais são, entre outros, os tipos que temem encontrar.

Alguma vez acariciaram a doce esperança de encontrar-se com uma formosa companheira de viagem; por exemplo, com uma viuvinha de vinte ou trinta anos (e ainda trinta e seis) com quem compartilhar as moléstias do caminho; mas nem bem lhes sorriu essa idéia, já se apressam a descartá-la melancolicamente, considerando que tal ventura seria demasiada para um simples mortal neste vale de lágrimas e despropósitos.

Com tão amargos receios punha eu o pé no estribo da berlinda da carruagem de Granada a Málaga, às onze horas menos cinco minutos de uma noite do outono de 1844; noite escura e tempestuosa, de mau agouro.

Ao entrar no carro, com o bilhete número 2 no bolso, meu primeiro pensamento foi saudar àquele incógnito número 1 que se encontrava inquieto antes de me conhecer.

Há de se observar que o terceiro assento da berlinda não estava ocupado, segundo me confessou o chefe-mor.

– Boa noite! – disse, nem bem me sentei, direcionando a voz para o lugar onde eu supunha que estivesse meu companheiro de cabine.

Um silêncio tão profundo como a escuridão reinante seguiu minha fala.

— Diacho! — pensei —. Será surdo..., ou surda, meu epiceno confrade?

E levantando mais a voz, repeti:

— Boa noite!

Igual silêncio sucedeu a minha segunda saudação.

— Será muda? — disse a mim mesmo então.

A tudo isso, a diligência havia começado a andar, digo, a correr, arrastada por dez briosos cavalos.

Minha perplexidade subia de ponto.

— Com quem ia? Com um senhor? Com uma senhora? Com uma velha? Com uma jovem? Quem, quem era aquele silencioso número 1?

E, fosse quem fosse, por que se calava? Por que não respondia à minha saudação? Estaria ébrio? Estaria dormindo? Estaria morto? Seria um ladrão?

Era coisa para acender uma luz. Mas já não fumava então, e não tinha fósforos.

— Que fazer?

Por aí ia em minhas reflexões, quando me ocorreu apelar ao sentido do tato, posto que tão ineficazes eram o da vista e do ouvido...

Com mais cuidado, pois, que emprega um pobre diabo para nos roubar o lenço na *Puerta del Sol*, estendi a mão direita até aquele ângulo do carro.

Meu dourado desejo era tropeçar com uma saia de seda, ou de lã, ou ainda de percal...

Avancei, pois...

O Prego

— Nada!

Avancei mais; estiquei todo o braço... Nada!

Avancei de novo; apalpei com determinação um lado, o outro, os quatro cantos, debaixo dos assentos, nas correias do teto...

Nada..., nada!

Neste momento brilhou um relâmpago (já dissera que havia tempestade), e à sua luz sulfúrea vi... que ia completamente só!

Soltei uma gargalhada, rindo de mim mesmo, e precisamente naquele instante se deteve a diligência.

Estávamos no primeiro relevo.

Já me propunha a perguntar ao chefe pelo viajante que faltava, quando se abriu a portinhola, e, à luz de um farol que levava o moço, vi... Pareceu-me um sonho o que vi!

Vi pôr o pé no estribo da berlinda (de meu carro!) a uma formosíssima mulher, jovem, elegante, pálida, sozinha, vestida de luto...

Era o número 1; era meu antes epiceno companheiro de viagem; era a viúva de minhas esperanças; era a realização do sonho que apenas havia ousado conceber; era o *non plus ultra* de minhas ilusões de viajante... Era *ela*!

Quero dizer: haveria de ser *ela* com o tempo.

II – Escaramuças

Assim que dei a mão à desconhecida para ajudá-la a subir, e ela tomou assento a meu lado, murmurando um "Obrigada... Boa noite" que me chegou ao coração, ocorreu-me esta idéia tristíssima e diaceradora:

— Daqui até Málaga são só dezoito léguas! Imagine se fôssemos à península de Kamtchatka!

No entanto, fechou-se a portinhola e ficamos às escuras. Isso significava não vê-la!

Eu pedia relâmpagos ao céu, como o Alfonso Munio da senhora Avellaneda, quando disse:

Horrível tempestade, manda-me um raio!

Mas, oh dor!, a tormenta se retirava já até o Meio-dia.

E não era o pior não vê-la, mas o ar severo e triste da gentil senhora que me havia imposto de tal modo, que não me atrevia a coisa alguma...

Porém, passados alguns minutos, fiz-lhe aquelas primeiras perguntas e observações de praxe, que estabelecem pouco a pouco certa intimidade entre os viajantes:

— A senhora vai bem?
— A senhora vai à Málaga?
— A senhora gostou de Alhambra?
— A senhora vem de Granada?
— Está úmida a noite!

Ao que ela respondeu:
— Obrigada.
— Sim.
— Não, senhor.
— Oh!
— Puf.

Com toda a certeza, minha companheira de viagem tinha pouca vontade de conversar.

Dediquei-me, pois, a coordenar melhores perguntas e, vendo que não me ocorria nenhuma, pus-me a pensar.

Por que havia subido aquela mulher na primeira parada e não em Granada?

Por que estava sozinha?

Era casada?

Era viúva?

Era...?

E sua tristeza? Qual a causa?

Sem ser indiscreto não poderia encontrar uma resposta para estas questões, e a viajante me agradava muito para que eu não corresse o risco de parecer-lhe um homem vulgar dirigindo-lhe perguntas tolas.

Como desejava que amanhecesse!

De dia se fala com justificada liberdade..., enquanto a conversa às escuras tem algo de tato, vai direto ao ponto, é um abuso de confiança...

A desconhecida não dormiu a noite toda, segundo deduzi de sua respiração e dos suspiros que lançava de quando em quando...

Creio que inútil dizer que eu também não pude conciliar o sono.

— A senhora está indisposta? — perguntei-lhe uma das vezes que se queixou.

— Não, senhor; obrigada. Peço que durma descuidado... — respondeu com séria afabilidade.

— Dormir! — exclamei.

Então acrescentei:

— Achei que a senhora estava padecendo.

— Oh! Não... não padeço — murmurou brandamente, mas com um tom que cheguei a perceber certa amargura.

O resto da noite não ocorreram mais que breves diálogos como o anterior.

Amanheceu, por fim...

Que bonita era!

Mas, que toque de dor sobre sua face! Que lúgubre escuridão sobre seus belos olhos! Que trágica expressão em todo o seu semblante! Algo muito triste havia no fundo de sua alma.

E, no entanto, não era uma daquelas mulheres excepcionais, extravagantes, de corte romântico, que vivem fora do mundo devorando algum pesar ou representando alguma tragédia...

Era uma mulher da moda, uma elegante mulher, de porte distinto, cuja menor palavra deixava transluzir uma dessas rainhas da conversa e do bom gosto, que têm por trono uma poltrona de seu gabinete, uma carruagem no Prado ou um palco na Ópera; mas que calam fora de seu elemento, ou seja fora do círculo de seus iguais.

Com a chegada do dia se alegrou um pouco a encantadora viajante, fosse porque minha circunspecção de toda a noite e a gravidade de minha fisionomia lhe inspirassem boa idéia de minha pessoa, ou porque quisesse recompensar o homem a quem não havia deixado dormir, foi o caso que iniciou por sua vez as questões de ordem:

— Aonde vai o senhor?

— Vai fazer um belo dia.

— Que formosa paisagem!

Ao que eu respondi mais extensamente que ela me havia respondido.

Almoçamos em Colmenar.

Os viajantes do interior e do compartimento posterior da diligência eram pessoas pouco tratáveis.

Minha companheira se limitou a falar comigo.

Não é preciso dizer que eu estive inteiramente consagrado a ela e que a atendi à mesa como a uma pessoa real.

De volta à diligência, já nos tratávamos com alguma confiança.

À mesa havíamos falado de Madri, e falar bem de Madri a uma madrilenha que se encontra longe da corte, é a melhor das recomendações.

Porque nada é tão sedutor como Madri perdida!

"Agora ou nunca, Felipe! – disse-me então. – Faltam oito léguas... Abordemos a questão amorosa..."

III – Catástrofe

Desgraçado! Nem bem disse uma palavra galante para a beldade, reconheci que havia posto o dedo em uma ferida...

Em um momento perdi tudo que havia ganhado em sua opinião.

Assim me disse uma mirada indefinível que cortou a voz de meus lábios.

— Obrigada, senhor, obrigada – disse logo, ao ver que mudava de conversa.

— Perturbei-lhe, senhora?

— Sim; o amor me horroriza. Que triste é inspirar o que não se sente! Que faria eu para não agradar a alguém?

— Algo é mister que a senhora faça, se não se compraz com o dano alheio!... – repus muito seriamente –. A prova é que me tem pesaroso de a haver conhecido... Se não feliz, pelo menos eu vivia ontem em paz..., e agora sou desgraçado, posto que amo a senhora sem esperança!

— Fica-lhe uma satisfação, meu amigo... – replicou ela sorrindo.

— Qual?

— Que não acolho seu amor, não por ser seu, mas porque é amor. Pode, pois, estar seguro de que nem hoje, nem amanhã, nem nunca... obterá outro homem a correspondência que lhe nego. Eu não amarei jamais ninguém.

— Mas, por que, senhora?

— Porque o coração não quer, porque não pode, porque não deve lutar mais! Porque amei até o delírio... e fui enganada. Enfim, porque aborreço o amor!

Magnífico discurso! Eu não estava apaixonado por aquela mulher. Inspirava-me curiosidade e desejo, por ser distinta e bela; mas de isto a uma paixão havia ainda muita distância.

Assim, pois, ao escutar aquelas dolorosas e categóricas palavras, deixou a disputa meu coração de homem e entrou em exercício minha imaginação de artista. Isto quer dizer que comecei a falar à desconhecida uma linguagem filosófica e moral do melhor gosto, com o que consegui reconquistar sua confiança, ou seja, que me dissesse algumas outras generalidades melancólicas do gênero Balzac.

Assim chegamos a Málaga.

Era o instante mais oportuno para saber o nome daquela singularíssima senhora.

Ao despedir-me dela na Administração, disse-lhe como me chamava, a casa onde ia ficar e meu endereço em Madri.

Ela me respondeu com um tom que nunca esquecerei:

— Sou-lhe muito grata pelas amáveis atenções que recebi do senhor durante a viagem, e lhe suplico que perdoe se lhe oculto meu nome, em vez de dar um falso, que é com o qual apareço na folha.

— Ah! — respondi —. Então nunca voltaremos a nos ver!

— Nunca!..., o que não deve pesar-lhe.

Dito isto, a jovem sorriu sem alegria, estendeu-me uma mão com singular graça, e murmurou:

— O senhor peça a Deus por mim.

Eu apertei a sua mão linda e delicada, e terminei com uma saudação aquela cena, que começava a fazer-me mal.

Nisto chegou um elegante carro à parada de diligências.

Um lacaio com libré preta avisou a desconhecida.

Ela subiu à carruagem; saudou-me de novo e desapareceu pela *Puerta del Mar*.

Dois meses depois tornei a encontrá-la.

Saibamos onde.

IV – Outra viagem

Às duas da tarde de 1º de novembro daquele mesmo ano caminhava eu sobre um mal cavalo pequeno de aluguel pelo arrecife que conduz a ***, vila importante e cabeça de partido da província de Córdoba.

Meu criado e a bagagem iam em outro cavalo muito pior.

Ia a *** com o objetivo de arrendar umas terras e permanecer três ou quatro semanas em casa do Juiz de Primeira instância, íntimo amigo meu, a quem conheci na Universidade de Granada quando ambos estudávamos Jurisprudência, e onde simpatizamos, contraímos estreita amizade e fomos inseparáveis. Depois não nos víramos por sete anos.

Conforme ia me aproximando do povoado término de minha viagem, chegava mais distintamente a meus ouvidos o melancólico clamor de muitos sinos que tocavam por um morto.

Maldita a graça que me fez tão lúgubre coincidência.

No entanto, aquele dobrar de sinos não tinha nada de casual e eu já deveria contar com ele, por ser véspera de dia dos Mortos.

Cheguei, assim, muito de mau humor aos braços de meu amigo, que me aguardava às aforas do povoado.

Ele percebeu no momento minha preocupação, e depôs das primeiras saudações:

— O que você tem? — me disse, dando-me o braço, enquanto seus criados e o meu se distanciavam com os cavalos.

— Homem, serei franco... — respondi-lhe —. Nunca mereci, nem penso merecer, que me elevem arcos de triunfo; nunca experimentei esse imenso júbilo que encherá o coração de um grande homem no momento que um alvoroçado povoado sai para recebê-lo, enquanto os sinos repicam; mas...

— Onde vai parar?

— Na segunda parte de meu discurso. E é: que se neste povoado não experimentei as honras da entrada triunfal, acabo de ser objeto de outros muito parecidos, ainda que inteiramente opostos. Confesse, oh juiz de araque, que estes clamores funerais que solenizam minha entrada em *** entristeceram o homem mais jovial do universo!

— Bravo, Felipe! — replicou o juiz, a quem chamaremos Joaquim Zarco —. Vem muito a meu gosto! Essa melancolia combina perfeitamente com minha tristeza...

— Você triste!... Desde quando?

Joaquim encolheu os ombros e com esforço conteve um gemido...

Quando dois amigos que se querem de verdade voltam a se ver depois de grande separação, parece que ressuscitam todas as dores que não choraram juntos.

Eu me fiz de desentendido no momento e falei a Zarco de coisas indiferentes.

Nesse momento entramos em sua elegante casa.

— Puxa, meu amigo! — não pude deixar de exclamar —. Você vive muito bem instalado!... Que ordem, que gosto em tudo! Pobre de mim! ... Deve ter casado...

— Não me casei... — respondeu o juiz com a voz um pouco turbada —. Não me casei, nem me casarei jamais!

— Que não tenha se casado, acredito, pois não me escreveu sobre isso... e a coisa valia a pena de ser contada! Mas isso de não se casar nunca, não me parece tão fácil nem tão crível.

— Pois lhe juro! — replicou Zarco solenemente.

— Que rara metamorfose! — repus eu —. Você, tão partidário sempre do sétimo sacramento; você, que há dois anos me escrevia dando conselhos para que me casasse, sair

O Prego

agora com essa novidade!... Meu amigo, aconteceu alguma coisa a você, e algo muito penoso!

— A mim?

— A você! — eu prossegui —. E vai contá-lo a mim! Você vive aqui sozinho, fechado na grave circunspecção que exige seu destino, sem um amigo a quem referir suas debilidades de mortal... Pois bem; conte-me tudo, e veremos se posso servi-lo de algo.

O juiz me apertou as mãos dizendo:

— Sim..., sim.... Você saberá tudo, meu amigo! Sou muito desventurado!

Então se serenou um pouco, e acrescentou secamente:

— Vista-se. Hoje o povoado todo vai visitar o cemitério e ficará mal se eu faltar. Virá comigo. A tarde está bonita e lhe convém andar a pé para descansar do trote do cavalo. O cemitério fica no meio de um formoso campo, e não lhe desagradará o passeio. Pelo caminho contarei a história que amargurou minha existência, e verá se tenho ou não motivos para renegar as mulheres.

Uma hora depois, caminhávamos Zarco e eu em direção ao cemitério.

Meu pobre amigo me falou desta maneira:

V – Memórias de um juiz de primeira instância

I

Há dois anos, sendo promotor fiscal em ***, obtive licença para passar um mês em Sevilha.

Na estalagem que me hospedei vivia fazia algumas semanas certa elegante e formosíssima jovem, que se passava por viúva, cuja procedência, assim como o objeto que a retinha em Sevilha, eram um mistério para os demais hóspedes.

Sua solidão, seu luxo, sua falta de relações e o ar de tristeza que a envolvia, davam asas a mil conjecturas; todo o qual, unido à sua incomparável beleza e a inspiração e gosto com que tocava piano e cantava, não demorou em despertar em minha alma uma invencível inclinação por aquela mulher.

Seus aposentos estavam exatamente em cima dos meus; de modo que a ouvia cantar e tocar, ir e vir, e até sabia quando se deitava, quando se levantava e quando passava a noite acordada – coisa muito freqüente –. Ainda que em vez de comer na mesa redonda era servida no quarto, e não ia nunca ao teatro, tive ocasião de saudá-la várias vezes, ora na escada, ora em alguma loja, ora de sacada a sacada, e em pouco tempo os dois estávamos certos do prazer de nos vermos.

Você sabe. Eu era sério, embora não triste, e esta minha circunspecção enquadrava perfeitamente à retraída existência daquela mulher; pois nunca lhe dirigi a palavra, nem procurei visitá-la em seu quarto, nem a persegui com aborrecida curiosidade como outros habitantes da estalagem.

Este respeito à sua melancolia deve ter agradado seu orgulho de paciente; digo-o porque não demorou a olhar-me com certa deferência, como se já tivéssemos nos revelado um ao outro.

Quinze dias haviam transcorrido desta maneira, quando a fatalidade..., nada mais que a fatalidade..., introduziu-me uma noite no quarto da desconhecida.

Como nossos aposentos ocupavam idêntica situação no edifício, salvo estarem em andares diferentes, eram suas entradas iguais. Dita noite, pois, ao voltar do teatro, subi distraído mais escadas do que devia, e abri a porta de seu quarto pensando que era a do meu.

A formosa estava lendo, e se sobressaltou ao me ver. Eu me perturbei de tal modo, que mal pude desculpar-me, mas a mesma perturbação e a pressa com que tentei sair, convenceram-na de que aquele equívoco não era uma farsa. Reteve-me pois com deliciosa amabilidade "para demonstrar-me – disse – que acreditava na minha boa fé e não estava incomodada comigo", acabando por suplicar-me que me equivocasse outra vez deliberadamente, pois não podia tolerar que uma pessoa de minhas condições de caráter passasse as noites na sacada, ouvindo-a cantar – como ela havia visto –, quando sua pobre habilidade se honraria com que eu prestasse atenção mais de perto.

Apesar de tudo acreditei ser meu dever não tomar assento naquela noite, e saí.

Passaram-se três dias, durante os quais tampouco me atrevi a aproveitar o amável oferecimento da bela cantora, ainda a risco de passar por descortês a seus olhos. E isto era porque estava perdidamente enamorado dela; porque sabia que amores com aquela mulher não podia haver termo médio, mas delírio de dor ou delírio de ventura; era porque temia, enfim, a atmosfera de tristeza que a rodeava!

No entanto, depois daqueles três dias, subi ao segundo andar.

Permaneci ali toda a noite: a jovem me disse chamar-se Branca e ser madrilenha e viúva: tocou piano, cantou, fez mil perguntas sobre a minha pessoa, profissão, estado, família, etc., e todas as suas observações me deleitaram e me enlevaram... Minha alma foi a partir daquela noite escrava da sua.

Na noite seguinte voltei, e na outra noite também, e depois todas as noites e todos os dias nos amávamos, e nem uma palavra de amor nos havíamos dito.

Mas falando do amor havia eu exagerado várias vezes a importância que dava a esse sentimento, a veemência de minhas idéias e paixões, e tudo o que necessitava meu coração para ser feliz.

Ela, por sua parte, havia me manifestado que pensava do mesmo modo.

— Eu — disse uma noite — me casei sem amor com meu

marido. Pouco tempo depois... o odiava. Hoje está morto. Só Deus sabe o quanto tenho sofrido! Eu compreendo o amor dessa maneira: é a glória ou é o inferno. E para mim, até agora, tem sido sempre o inferno!

Aquela noite não dormi.

Passei-a analisando as últimas palavras de Branca.

Que superstição a minha! Aquela mulher me dava medo. Chegaríamos a ser, eu sua glória, ela meu inferno?

Enquanto isso, expirava meu mês de licença.

Podia pedir outro, dando como pretexto uma doença... Mas devia fazê-lo?

Consultei Branca.

— Por que você pergunta isso a mim? — ela repôs, tomando-me uma mão.

— Mas claro, Branca... — respondi —. Eu a amo... Faço mal em amá-la?

— Não — respondeu Branca empalidecendo.

E seus olhos negros deixaram escapar duas torrentes de luz e de volúpia...

II

Pedi, então, dois meses de licença, me concederam... graças a você. Nunca me tivesse feito aquele favor!

Minhas relações com Branca não foram amor: foram delírio, loucura, fanatismo.

Longe de acalmar meu frenesi com a posse daquela mulher extraordinária, exacerbou-se mais e mais: a cada dia que passava, descobria novas afinidades entre nós, novos tesouros de ventura, novos mananciais de felicidade...

Mas em minha alma como na sua, brotavam ao próprio tempo misteriosos temores.

Temíamos perder-nos!... Esta era a fórmula da nossa inquietação.

Os amores vulgares necessitam do medo para se alimentar, para não decair. Por isso se diz que toda relação ilegítima é mais veemente que o matrimônio. Mas um amor como o nosso achava reservados pesares em seu precário porvir, em sua instabilidade, em sua carência de laços indissolúveis...

Branca me dizia:

— Nunca esperei ser amada por um homem como você; e, depois de você, não vejo amor nem felicidade possíveis para meu coração. Joaquim, um amor como o seu era a necessidade de minha vida: morria já sem ele; sem ele morreria amanhã... Diga-me que nunca me esquecerá.

— Casemo-nos, Branca! — respondia eu.

E Branca inclinava a cabeça com angústia.

— Sim, casemo-nos! — voltava eu a dizer, sem compreender aquela muda desesperação.

— Quanto me ama! — replicava ela. — Outro homem em seu lugar rechaçaria a idéia, se eu a tivesse proposto. Você, pelo contrário...

— Eu, Branca, estou orgulhoso de você; quero osten-

O Prego 123

tá-la aos olhos do mundo; quero perder toda a inquietação sobre o tempo que virá; quero saber que você é minha para sempre. Além disso, você conhece meu caráter, sabe que nunca cedo em matéria de honra... Pois bem; a sociedade em que vivemos chama de crime a nossa felicidade... Por que não haveremos de nos render ao pé do altar? Quero-a pura, quero-a nobre, quero-a santa! Amá-la-ei, então, mais que hoje! Aceite minha mão!

— Não posso! — respondia aquela mulher incompreensível.

E este debate se reproduziu mil vezes.

Um dia que eu discorri longo tempo contra o adultério e contra toda imoralidade, Branca se comoveu extraordinariamente; chorou, agradeceu-me e repetiu o de costume:

— Quanto me ama! Que bom, que grande, que nobre você é!

A tudo isso expirava a prorrogação da minha licença.

Era então necessário voltar ao meu destino, e assim eu o anunciei a Branca.

— Separar-nos! — gritou com infinita angústia.

— Você o tem querido! — contestei.

— Isso é impossível!... Eu o idolatro, Joaquim.

— Branca, eu a adoro.

— Abandone sua carreira.. Eu sou rica... Viveremos juntos! — exclamou, tapando-me a boca para que não pudesse replicar.

Beijei sua mão e respondi:

— De minha esposa aceitaria essa oferta, mesmo fazendo um sacrifício... Mas de você...

— De mim! — respondeu chorando. — Da mãe de seu filho!

— Quem? Você? Branca!...

— Sim..., Deus acaba de me dizer que sou mãe... Mãe pela primeira vez! Você completou minha vida, Joaquim; nem bem começo a desfrutar esta bem-aventurança absoluta, quer arrancar a árvore de minha felicidade! Você me dá um filho e me abandona...!

— Seja minha esposa, Branca! — foi minha única resposta. — Lavremos a felicidade desse anjo que chama às portas da vida.

Branca permaneceu muito tempo silenciosa.

Depois levantou a cabeça com uma tranqüilidade indefinível e murmurou:

— Serei sua esposa.

— Obrigado! Obrigado, minha Branca.

— Escute — disse em seguida — não quero que você abandone sua carreira...

— Ah! Mulher sublime!

— Volte para o seu trabalho... Quanto tempo demora para acertar aí seus assuntos, pedir ao Governo mais licença e voltar a Sevilha?

— Um mês.

— Um mês — repetiu Branca —. Bem! Espero você aqui. Volte dentro de um mês e serei sua esposa. Hoje estamos em 15 de abril... 15 de maio, sem falta!

O Prego 125

— Sem falta.
— Jura?
— Juro.
— Mais uma vez! – replicou Branca.
— Juro.
— Me ama?
— Com toda minha vida.
— Então vá, e volte! Adeus...
Disse e suplicou-me que a deixasse e partisse sem perder tempo.
Despedi-me dela e parti para *** naquele mesmo dia.

III

Cheguei a ***.
Preparei minha casa para receber minha esposa; solicitei e obtive, como sabe, outro mês de licença, e resolvi todos os meus assuntos com tal eficácia, que, ao fim de quinze dias, me vi livre para voltar para Sevilha.
Devo avisá-lo que durante todo aquele mês não recebi nem uma só carta de Branca, apesar de haver escrito a ela seis. Esta circunstância tinha me contrariado profundamente. Assim foi que, embora houvesse transcorrido somente metade do prazo que minha amada me concedera, saí para Sevilha, aonde cheguei no dia 30 de abril.

Imediatamente me dirigi à estalagem que havia sido ninho de nossos amores.

Branca havia desaparecido dois dias depois de minha partida, sem deixar indícios do ponto a que se encaminhava.

Imagine a dor de meu desengano! Não me escrever que partia! Partir sem deixar dito para onde se dirigia! Fazer-me perder completamente seu rastro! Evadir-se, enfim, como uma criminosa cujo delito foi descoberto!

Nem por um instante me ocorreu permanecer em Sevilha até o 15 de maio aguardado para ver se Branca voltava... A violência da minha dor e da minha indignação, e a vergonha que sentia por haver aspirado a mão de semelhante aventureira, não deixavam lugar a nenhuma esperança, a nenhuma ilusão, a nenhum consolo. O contrário seria ofender minha própria consciência, que já via em Branca o ser mais odioso e repugnante que o amor e o desejo haviam disfarçado até então... Indubitavelmente era uma mulher leviana e hipócrita, que me amou sensualmente, mas que, prevendo a habitual mudança de seu caprichoso coração, não pensou nunca em que nos casássemos! Fustigada por fim por meu amor e minha honradez, executou uma torpe comédia, para escapar impunemente. E quanto àquele filho anunciado com tanto júbilo, tampouco me ficava a dúvida de que era outra ficção, outro engano, outra sangrenta mentira!... Mal se compreendia semelhante perversidade naquela criatura tão bela e tão inteligente!

Não mais que três dias estive em Sevilha, e em 4 de

maio voltei para a Corte, renunciando a meu destino, para ver se minha família e a agitação do mundo me faziam esquecer aquela mulher, que sucessivamente havia sido para mim a *glória* e o *inferno*.

Por último, há coisa de quinze meses, tive que aceitar o Juizado deste outro povoado, onde, como você viu, não vivo muito contente; sendo que o pior de tudo que, em meio ao meu aborrecimento com Branca, detesto muito mais as demais mulheres... pela simples razão de que não são *ela*...

Está convencido agora que nunca chegarei a casar?

VI - O corpo de delito

Poucos segundos depois de meu amigo Zarco terminar o relato de seus amores, chegamos ao cemitério.

O cemitério de *** não é mais que um campo ermo e solitário, semeado de cruzes de madeira e rodeado por uma cerca. Nem lápide nem sepulcros quebram a monotonia daquela mansidão. Ali descansam na terra fria, pobres e ricos, grandes e plebeus, nivelados pela morte.

Nesses pobres cemitérios, que tanto abundam pela Espanha e que são por acaso os mais poéticos e os mais próprios de seus moradores, acontece com freqüência que, para sepultar um corpo, é preciso exumar outro, ou, melhor dizendo, que a cada dois anos se lance uma nova capa de mortos sobre a terra. Consiste isso na pequenez do lugar, e resulta que, ao redor de cada nova vala, há mil brancos despojos que de tempo em tempo são conduzidos ao ossuário comum.

Eu vi mais de uma vez esses ossuários... E é verdade que merecem ser vistos! Imaginem, num lugar do campo santo, uma espécie de pirâmide de ossos, uma coluna de multiforme marfim, uma colina de crânios, fêmures, canelas, úmeros, clavículas quebradas, colunas vertebrais desdentadas, dentes semeados aqui e ali, costelas que foram armaduras de corações, dedos disseminados..., e tudo isso seco, frio, morto, árido... Imaginem, imaginem aquele horror!

E, que contatos! Os inimigos, os rivais, os esposos, os pais e seus filhos, estão ali, não só juntos, mas revolvidos, mesclados por pedaços, como cereal debulhado, como palha rota... E que desagradável ruído quando um crânio choca-se com outro, ou quando desce rodando desde o cimo por aquelas ocas lascas de antigos homens! E que sorriso tão insultante têm as caveiras!

Mas voltemos à nossa história.

Andávamos Joaquim e eu dando sacrilegamente chutes em tantos restos inanimados, ora pensando no dia que outros pés pisariam nossos despojos, ora atribuindo a cada osso uma história; procurando achar o segredo da vida naqueles crânios onde por acaso morou um gênio ou retumbou a paixão, e já vazios como cela de defunto frei, ou adivinhando outras vezes (pela configuração, pela dureza e pela dentadura) se tal caveira pertenceu a uma mulher, a uma criança ou a um ancião; quando o olhar do juiz ficou fixo em um daqueles globos de marfim...

— Que é isto? — exclamou retrocedendo um pouco —. Que é isto, meu amigo? Não é um prego?

E assim falando dava voltas com a bengala a um crânio, bastante fresco ainda, que conservava algumas espessas mechas de cabelo preto.

Olhei e fiquei tão assombrado quanto meu amigo... Aquela caveira estava atravessada por um prego de ferro!

A cabeça chata desse prego assomava pela parte superior do osso coronal, enquanto a ponta saía pelo que fora o céu da boca.

Que podia significar aquilo?

Da estranheza passamos às conjecturas, e das conjecturas ao horror!...

— Agradeço à Providência! — exclamou finalmente Zarco —. Eis aqui um espantoso crime que ia ficar impune e que se delata por si mesmo à justiça! Cumprirei com o meu dever, ainda mais, quando me parece que o próprio Deus me ordena diretamente ao colocar ante meus olhos a cabeça furada da vítima! Ah! Sim... Juro não descansar até que o autor deste horrível delito expie sua maldade no cadafalso!

VII – Primeiras diligências

Meu amigo Zarco era um modelo de juiz.

Reto, infatigável, provedor, tanto como aficionado à administração da justiça, viu naquele assunto um campo vastíssimo em que empregar toda sua inteligência, todo seu zelo, todo seu fanatismo (com o perdão da palavra) pelo cumprimento da lei.

Imediatamente mandou buscar um escrivão e deu início ao processo.

Depois de extenso testemunho daquele achado, chamou o coveiro.

O lúgubre personagem se apresentou ante a lei pálido e tremendo. Em verdade, entre aqueles dois homens, qualquer cena tinha que ser horrível! Lembro literalmente seu diálogo:

O juiz. – De quem pode ser esta caveira?

O coveiro. – Onde o senhor a encontrou?

O juiz. – Neste mesmo lugar.

O coveiro. – Pois então pertence a um cadáver que, por estar já algo passado, desenterrei ontem para sepultar a uma velha que morreu noite passada.

O juiz. – E por que exumou este cadáver e não outro mais antigo?

O coveiro. – Já disse ao senhor: para pôr a velha em seu lugar. A prefeitura não quer se convencer de que este cemitério é muito pequeno para tanta gente que morre agora! Assim não se deixa aos mortos secarem na terra, e tenho que trasladá-los meio vivos ao ossuário comum!

O juiz. – E pode se saber de quem é o cadáver a que corresponde essa cabeça?

O coveiro. – Não é muito fácil, senhor.

O juiz. – No entanto de alguém há de ser! De modo que você pense nisso devagar.

O coveiro. – Eu sei um meio de sabê-lo...

O juiz. – Diga, então.

O coveiro. – O caixão daquele morto se achava em estado regular quando o tirei da terra, e eu o levei para meu quarto para aproveitar as tábuas como teto. Talvez conservem algum sinal, como iniciais, galões ou qualquer outra coisa que se usam agora para enfeitar os ataúdes...

O juiz. –Vamos ver essas tábuas.

Enquanto o coveiro trazia os fragmentos do ataúde, Zarco mandou que um meirinho envolvesse o misterioso crânio em um lenço, para poder levá-lo para casa.

O coveiro chegou com as tábuas.

Como esperávamos, encontraram-se em uma delas alguns enfeites de galão dourado que, presos à madeira com tachas de metal, haviam formado letras e números...

Mas o galão estava quebrado e era impossível restabelecer aqueles caracteres.

Não desanimou, contudo, meu amigo, e fez arrancar completamente o galão, e pelas tachas, ou pelos furos de outras que havia na tábua, recompôs as seguintes cifras:

A. G. R.
1843
R. I. P.

Zarco irradiou de entusiasmo ao fazer esta descoberta.
— É o bastante! É o suficiente! — exclamou prazerosamente —. Seguindo este fio, recorrerei o labirinto e descobrirei tudo!

Encarregou o meirinho da tábua, como havia encarregado da caveira, e regressamos para o povoado.

Sem descansar um momento, dirigimo-nos à paróquia mais próxima.

Zarco pediu ao padre o livro de enterros de 1843.

Recorreu o escrivão folha por folha, partida por partida...

Aquelas iniciais A.G.R. não correspondiam a nenhum defunto.

Passamos a outra paróquia

Há cinco na vila: na quarta que visitamos, o escrivão achou esta partida de enterro:

"*Na igreja da paróquia de São..., da vila de ***, a 4 de maio de 1843, fizeram-se os ofícios de funeral, conforme a enterro maior, e se deu sepultura no cemitério comum a D. ALFONSO GUTIÉRREZ DEL ROMERAL, natural e vizinho que foi deste povoado, o qual não recebeu os Santos Sacramentos nem deixou testamento, por haver morrido de apoplexia fulminante, na noite anterior, com a idade de trinta e um anos. Esteve casado com dona*

Gabriela Zahara del Valle, natural de Madri, e não deixa filhos. E para que conste, etc..."

Zarco pegou um certificado dessa partida, autorizado pelo padre, e voltamos para nossa casa.

No caminho o juiz me disse:

— Vejo tudo muito claro. Antes de oito dias haverá terminado este processo que tão obscuro se apresentava há duas horas. Aí levamos uma *apoplexia fulminante* de ferro, que tem cabeça e ponta, e que deu morte repentina a D. Alfonso Gutiérrez del Romeral. Quer dizer: temos o *prego*... Agora só me falta encontrar o *martelo*.

VIII – Declarações

Um vizinho disse:

D. Alfonso Gutiérrez del Romeral, jovem e rico proprietário daquele povoado, residiu alguns anos em Madri, de onde voltou em 1840 casado com uma belíssima senhora chamada Dona Gabriela Zahara:

O declarante foi algumas noites de tertúlia à casa dos recém casados, e teve oportunidade de observar a paz e ventura que reinava no matrimônio:

Quatro meses antes da morte de D. Alfonso sua esposa havia ido passar uma temporada em Madri com sua família, segundo explicação do marido:

A jovem regressou nos últimos dias de abril, ou seja, três meses e meio depois de sua partida:

Aos oito dias de sua chegada ocorreu a morte de D. Alfonso:

Havendo adoecido a viúva em conseqüência do sentimento que lhe causou esta perda, manifestou a seus amigos que era insuportável viver num povoado onde tudo lembrava seu querido e desafortunado esposo, e foi embora para sempre a meio de maio, dez ou doze dias depois da morte de seu esposo:

Era quanto podia declarar, e a verdade, sob o peso do juramento que havia prestado, etc.

Outros vizinhos prestaram declarações quase idênticas à anterior.

Os criados do defunto Gutiérrez disseram:

Depois de repetir os dados da vizinhança:

A paz do matrimônio não era tanta quanto se dizia em público:

A separação de três meses e meio que precedeu os últimos oito dias que viveram juntos os esposos, foi um tácito rompimento, conseqüência de profundos e misteriosos desgostos que mediavam entre ambos jovens desde o princípio de seu casamento:

A noite em que morreu seu amo se reuniram seus amos na alcova nupcial, como verificavam desde a volta da senhora, contra seu antigo costume de dormir cada um em seu respectivo quarto:

À meia-noite os criados ouviram soar violentamente a sineta, a cujos repiques se uniam os desmedidos gritos da senhora:

Acudiram e viram-na sair do quarto nupcial, com o cabelo em desordem, pálida e convulsa, gritando entre desesperados soluços:

— "Uma apoplexia! Um médico! Meu Alfonso! O senhor está morrendo...!"

Entraram na alcova, e viram seu amo estendido sobre o leito e já cadáver; e que tendo acudido um médico, confirmou que dom Alfonso morrera de uma congestão cerebral.

O médico: perguntado sobre o teor da afirmação que precede, disse: era certa em todas as suas partes.

O mesmo médico e outros dois médicos:

Mostrando-lhes a caveira de dom Alfonso, e perguntando-lhes se a morte recebida daquele modo podia parecer aos olhos da ciência como apoplexia, disseram que sim.

Então meu amigo ditou o seguinte auto:

"Considerando que, quando morreu, estava só com sua esposa na alcova nupcial:

Considerando que é impossível atribuir a suicídio uma morte semelhante, pelas dificuldades materiais que oferece sua perpetração com a própria mão:

Declara-se réu desta causa, e autora da morte de dom Alfonso, a sua esposa dona Gabriela Zahara del Valle, para cuja captura se expedirão as oportunas precatórias, etc."

— Diga-me, Joaquim... — perguntei eu ao juiz —, você acredita que Gabriela Zahara será capturada?

— Sem dúvida!

— E por que você está seguro disso?

— Porque, em meio a estas rotinas judiciais, há certa fatalidade dramática que não perdoa nunca. Isto é: quando os ossos saem da tumba para declarar, pouco fica o que fazer nos Tribunais.

IX – O homem propõe...

Apesar das esperanças de meu amigo Zarco, Gabriela Zahara não apareceu.
Precatórias, requisitórias: tudo foi inútil.
Passaram-se três meses.
A causa se sentenciou à revelia.
Eu abandonei a vila de ***, não sem prometer a Zarco voltar no ano seguinte.

X – Um dueto em "mi" maior

Passei aquele inverno em Granada.
Era uma noite em que havia um grande baile na casa da riquíssima senhora de X..., a qual havia tido a bondade de convidar-me para a festa.
Logo depois de chegar àquela magnífica morada, onde estavam reunidas todas as célebres beldades da aristocracia granadina, reparei em uma belíssima mulher, cujo rosto haveria distinguido entre mil outros semelhantes,

supondo que Deus houvesse feito algum que a ele se parecesse.

Era minha desconhecida, minha mulher misteriosa, minha desiludida da diligência, minha companheira de viagem, o número 1 que lhes falei ao princípio deste relato!

Corri para cumprimentá-la, e ela reconheceu-me de imediato.

– Senhora – eu disse –, cumpri a minha promessa de não procurá-la. Até ignorava que poderia encontrá-la aqui. Se soubesse, talvez não tivesse vindo, por temor de ser molesto. Uma vez já diante da senhora, espero que me diga se posso reconhecê-la, se me é dado falar-lhe, se há terminado a proibição que me afastava da senhora.

– Vejo que o senhor é vingativo... – respondeu-me graciosamente, estendendo-me a mão –. Mas eu lhe perdôo. Como está?

– Em verdade o ignoro! – respondi –. Minha saúde, a saúde de minha alma – pois não outra coisa me perguntará em meio a um baile – depende da saúde de sua alma. Isto quer dizer que minha felicidade não pode ser senão um reflexo da sua. Sarou esse pobre coração?

– Embora a galanteria lhe ordene desejá-lo – contestou a dama –, e minha aparente jovialidade o faça supor, o senhor sabe..., tanto quanto eu, que as feridas do coração não se curam.

– Mas se tratam, senhora, como dizem os médicos; fazem-se suportáveis; estende-se uma pele rosada sobre a vermelha cicatriz; edifica-se uma ilusão sobre um desengano...

— Mas essa edificação é falsa...

— Como a primeira, senhora; como todas! Querer crer, querer desfrutar..., eis aqui a felicidade... Mirabeau, moribundo, não aceitou o generoso oferecimento de um jovem que quis transfundir todo seu sangue nas empobrecidas artérias do grande homem...Não seja como Mirabeau! Beba nova vida no primeiro coração virgem que lhe ofereça sua rica seiva! E pois não gosta a senhora de galanterias, adicionarei, em abono de meu conselho, que, ao falar assim, não defendo meus interesses...

— Por que o senhor disse isso por último?

— Porque eu também tenho algo de Mirabeau; não na cabeça, mas no sangue. Necessito o mesmo que a senhora... Uma primavera que me vivifique!

— Somos muito infelizes! Enfim..., o senhor terá a bondade de não fugir de mim no futuro...

— Senhora, ia pedir-lhe permissão para visitá-la.

Despedimo-nos.

— Quem é essa mulher? — perguntei a um amigo meu.

— Uma americana que se chama Mercedes de Meridanueva — contestou-me —. É tudo o que sei, e muito mais do que se sabe geralmente.

XI – Fatalidade

No dia seguinte fui visitar minha nova amiga na *Estalagem dos Sete Solos* da Alhambra.

A encantadora Mercedes me tratou como a um amigo íntimo, e me convidou para passear com ela por aquele éden da Natureza e templo da arte, e depois a acompanhá-la a comer.

De muitas coisas falamos durante as seis horas que estivemos juntos; e como o tema a que sempre voltávamos era o dos desenganos amorosos, tive que contar-lhe a história de meu amigo Zarco.

Ela me escutou muito atentamente e, quando terminei; se pôs a rir e me disse:

— Senhor dom Felipe, sirva-lhe isso de lição para não se apaixonar nunca por mulheres a quem não conheça...

— Não vá pensar – respondi com vivacidade – que inventei essa história, ou que a ela me referi, porque penso que todas as damas misteriosas que alguém encontra em viagem são como a que enganou o meu condiscípulo...

— Muito obrigada... mas não continue – replicou, levantando-se repentinamente –. Quem duvida de que na *Estalagem dos Sete Solos* de Granada podem alojar-se mulheres que em nada se pareçam a essa que tão facilmente se enamorou de seu amigo na estalagem de Sevilha? Quanto a mim, não corro o risco de me apaixonar por ninguém, uma vez que nunca falo três vezes com o mesmo homem...

— Senhora! Com isso está dizendo para que eu não volte!...

— Não: isso é anunciar ao senhor que amanhã, ao amanhecer, vou-me embora de Granada e que provavelmente nunca voltaremos a nos ver.

— Nunca! O mesmo me disse em Málaga, depois de nossa famosa viagem...; e, no entanto, nos vimos de novo...

— Enfim: deixemos livre o campo da fatalidade. De minha parte, repito que esta é nossa despedida...

Ditas tão solenes palavras, Mercedes me estendeu a mão e me fez uma profunda saudação.

Eu me distanciei profundamente comovido, não só pelas frias e desdenhosas frases com que aquela mulher havia voltado a me descartar de sua vida (como quando nos separamos em Málaga), mas diante da incurável dor que vi pintar-se em seu rosto, enquanto procurava sorrir, ao dizer adeus pela última vez...

Pela última vez!... Ai! Oxalá tivesse sido a última!

Mas a fatalidade tinha disposto de outro modo.

XII – Travessuras do destino

Poucos dias depois meus assuntos chamaram-me ao lado de Joaquim Zarco.

Cheguei à vila de ***.

Meu amigo seguia triste e só, e alegrou-se muito ao ver-me.

Nada havia voltado a saber de Branca; mas tampouco havia podido esquecê-la nem sequer por um momento...

Sem dúvida, aquela mulher era sua predestinação ... Sua glória ou seu inferno, como o infeliz costumava dizer!

Em breve veremos que não estava enganado neste supersticioso juízo.

Na noite do mesmo dia de minha chegada, estávamos em seu escritório lendo as últimas diligências praticadas para a captura de Gabriela Zahara del Valle, todas elas inúteis por certo, quando entrou um funcionário e entregou ao jovem juiz um bilhete que dizia:

"Na estalagem do León há uma senhora que deseja falar com o senhor Zarco."

– Quem trouxe isso? – perguntou Joaquim.

– Um criado.

– Da parte de quem?

– Não me disse nome algum.

– E esse criado?

– Foi embora de imediato.

Joaquim pensou e disse em seguida lugubremente:

– Uma senhora! A mim! Não sei por que me dá medo esse encontro! Que parece a você, Felipe?

– Que seu dever de juiz é encontrar-se com ela. Pode tratar-se de Gabriela Zahara!

— Tem razão... Irei! — disse Zarco passando uma mão pela testa.

E pegando um par de pistolas envolveu-se na capa e partiu, sem permitir que o acompanhasse.

Duas horas depois voltou.

Estava agitado, trêmulo, balbuciante...

De imediato reconheci que uma vivíssima alegria era a causa daquela agitação.

Zarco me apertou convulsivamente entre seus braços, exclamando a gritos, entrecortados pelo júbilo:

— Ah! Se soubesse!... Se soubesse, meu amigo!

— Não sei de nada! — respondi —. O que aconteceu?

— Sou um afortunado! Sou o mais feliz dos homens!

— Mas que aconteceu?

— O bilhete que me chamavam à pensão.

— Continue.

— Era dela!

— De quem? De Gabriela Zahara?

— Nem pensar em desventuras numa hora desta, homem! Era dela! Da outra!

— Mas quem é a outra?

— Quem há de ser? Branca! Meu amor! Minha vida! A mãe do meu filho!

— Branca? — retruquei com assombro —. Mas você não dizia que ela havia enganado você?

— Ah! Não! Foi alucinação minha!...

— A que você está sofrendo agora?

— Não, a que sofri então.
— Explique-se.
— Escute: Branca me adora...
— Adiante. O que você disser não prova nada.
— Quando nos separamos Branca e eu no dia 15 de abril, combinamos nos reunir em Sevilha a 15 de maio. Logo depois que eu parti, ela recebeu uma carta que dizia que sua presença era necessária em Madri para assuntos de família; e como podia dispor de um mês até a minha volta, foi à Corte e voltou a Sevilha muitos dias antes de 15 de maio. Mas eu, mais impaciente que ela, fui ao encontro com quinze dias de antecedência da data estipulada, e não achando Branca na pensão, senti-me enganado..., e não esperei. Enfim.... passei dois anos de tormento por uma precipitação minha.

Mas uma carta teria evitado tudo...

— Disse que esqueceu o nome daquele povoado, cuja promotoria você sabe que deixei imediatamente, indo embora para Madri...

— Ah! Pobre amigo! — exclamei —. Vejo que você quer se convencer; que está se empenhando em consolar-se! Melhor assim! Então vejamos: quando se casa? Porque suponho que, uma vez desfeitas as névoas do ciúme, brilhará radiante o sol do matrimônio!

— Não ria! — exclamou Zarco —. Você será meu padrinho.

— Com muito prazer! Ah! E a criança? O seu filho?
— Morreu!

— Também isso! Então, senhor... – disse aturdidamente –. Deus faça um milagre!
— Como!
— Digo... que Deus faça você feliz!

XIII – Deus dispõe

Por aqui íamos em nossa conversa, quando ouvimos fortes batidas na porta da rua.

Eram duas da madrugada.

Joaquim e eu estremecemos sem saber por quê...

Abriram; e em poucos segundos entrou no escritório um homem que mal podia respirar, e que exclamava entrecortadamente com indescritível júbilo:

— Alvíssaras! Alvíssaras, companheiro! Vencemos!

Era o promotor fiscal do Juizado.

— Explique-se, companheiro... disse Zarco apontando-lhe uma cadeira –. O que aconteceu para que o senhor venha tão fora de hora e tão contente?

— Acontece... é importante o que acontece!... Acontece que Gabriela Zahara...

— Como?... Quê?...– interrompemos ao mesmo tempo Zarco e eu.

— Acaba de ser presa!

— Presa! – gritou o juiz cheio de alegria.

— Sim, senhor; presa! – repetiu o fiscal –. A Guarda

Civil seguia suas pistas há um mês, e, segundo acaba de me dizer o guarda noturno que costuma acompanhar-me do Cassino até minha casa, já a temos em um lugar seguro no cárcere desta nobre vila...

— Então vamos lá... – replicou o juiz –. Esta noite mesmo lhe tomaremos declaração. Faça-me o favor de avisar o escrivão da causa. O senhor mesmo presenciará as atuações, atendida a gravidade do caso... peça que mandem chamar também o coveiro, a fim de apresentar por si próprio a cabeça de D. Alfonso Gutiérrez, a qual está em poder do meirinho. Faz tempo que tenho pensado nesta horrível acareação dos dois esposos, na segurança de que a parricida não poderá negar seu crime ao ver aquele prego de ferro que, na boca da caveira, parece uma língua acusadora. Quanto a você – disse-me então Zarco –, fará o papel de escrevente, para que possa presenciar, sem quebra da lei, cenas interessantes...

Não disse nada. Entregue meu infeliz amigo a sua alegria de Juiz – permita-se a frase –, não havia concebido a horrível suspeita que, sem dúvida, inquieta já os senhores...; suspeita que penetrou rápida em meu coração, perfurando com suas unhas de ferro... Gabriela e Branca, chegadas àquela vila numa mesma noite, podiam ser uma só pessoa!

— Diga-me – perguntei ao promotor, enquanto Zarco se preparava para sair –: Onde estava Gabriela quando os guardas a prenderam?

— Na pensão do León – respondeu-me o fiscal.

Minha angústia não teve limites!

No entanto nada podia fazer, nada podia dizer, sem comprometer Zarco, como tampouco deveria envenenar a alma de meu amigo comunicando-lhe aquela lúgubre conjectura, que acaso iam desmentir os feitos. Além disso, supondo que Gabriela e Branca fossem a mesma pessoa, de que valeria ao infeliz que eu o dissesse antecipadamente? Que poderia eu fazer em tão tremendo conflito? Fugir? Eu devia evitá-lo, pois era declarar-se réu! Delegar, fingindo uma indisposição repentina? Equivaleria a desamparar Branca, em cuja defesa tanto poderia fazer, se sua causa lhe parecia defensível. Minha obrigação, portanto, era guardar silêncio e deixar espaço para a justiça de Deus!

Assim decidi, pelo menos naquele momento, quando não havia tempo nem espaço para soluções imediatas... A catástrofe se anunciava com trágica urgência!... O fiscal havia dado já as ordens de Zarco aos funcionários, e um deles havia ido à cadeia, para que dispusessem a sala de audiência para receber o Juiz. O comandante da Guarda Civil entrava naquele momento para dar parte em pessoa – muito satisfeito que estava do caso – da prisão de Gabriela Zahara... E alguns notívagos, sócios do Cassino e amigos do Juiz, ao saberem da ocorrência, iam chegando também ali, como a farejar e pressentir as emoções do terrível dia em que dama tão importante e tão bela subisse ao cadafalso... Enfim, não havia mais remédio que ir até a borda do abismo, pedindo a Deus que Gabriela não fosse Branca.

Dissimulei, então, minha inquietude e calei meus temores, e lá pelas quatro da manhã segui o juiz, o promotor, o escrivão, o comandante da Guarda Civil e a um pelotão de curiosos e de funcionários, que se trasladaram à cadeia regozijadamente.

XIV – Tribunal

Aí aguardava já o coveiro.
A sala de audiência estava profusamente iluminada.
Sobre a mesa via-se uma caixa de madeira pintada de negro, que continha a caveira de dom Alfonso Gutiérrez del Romeral.

O juiz ocupou sua cadeira; o promotor se sentou à sua direita, e o comandante da Guarda, por respeito superior às práticas forenses, foi convidado a presenciar também ao interrogatório, visto o interesse que, como a todos, inspirava-lhe aquele ruidoso processo. O escrivão e eu nos sentamos juntos, à esquerda do juiz, e o prefeito e os funcionários se agruparam à porta, não sem que se presumissem detrás deles alguns curiosos a quem sua alta categoria pecuniária havia franqueado, para tal solenidade, a entrada no temido estabelecimento, e que haviam de contentar-se com ver a acusada, por não consentir outra coisa o segredo do sumário.

Constituída desta forma a audiência, o juiz tocou a campainha, e disse ao prefeito:

— Que entre dona Gabriela Zahara.

Eu sentia que morria, e em vez de olhar para a porta, olhava para Zarco, para ler em seu rosto a solução do pavoroso problema que me agitava...

Logo vi meu amigo ficar lívido, levar a mão à garganta como para afogar um rugido de dor, e voltar-se para mim em pedido de socorro.

— Cale-se! — disse-lhe, pondo os índices nos lábios.

E logo acrescentei, com a maior naturalidade, como respondendo a alguma observação sua:

— Eu já sabia...

O desventurado quis então se levantar...

— Senhor Juiz!... disse-lhe com tal voz e tal cara, que compreendeu toda a enormidade de seus deveres e dos perigos que corria. Contraiu-se, então, horrivelmente, como quem trata de suportar um peso extraordinário e, dominando-se por fim por meio daquele esforço, sua cara ostentou a imobilidade de uma pedra. A não ser pela calentura de seus olhos, poderiam até dizer que aquele homem estava morto.

E morto estava o homem! Já não vivia nele senão o magistrado!

Quando fiquei convencido disto, olhei, como todos, a acusada.

Imaginem agora minha surpresa e meu espanto, quase iguais aos do infeliz Juiz... Gabriela Zahara não era só a Branca de meu amigo, sua querida de Sevilha, a mulher com quem acabava de reconciliar-se na Estalagem de León, mas

O Prego

também minha desconhecida de Málaga, minha amiga de Granada, a belíssima americana Mercedes de Meridanueva!

Todas aquelas fantásticas mulheres se resumiam em uma só, em uma indubitável, em uma real e positiva, em uma sobre quem pesava a acusação de haver matado seu marido, em uma que estava condenada à morte à revelia...

Pois bem: esta acusada, esta sentenciada, seria inocente? Conseguiria ser sincera? Seria absolvida?

Tal era minha única e suprema esperança, tal deveria ser também a de meu pobre amigo.

XV – O juízo

"O juiz é uma lei que fala
E a lei um juiz mudo.
A lei deve ser como a morte,
Que não perdoa ninguém." (Montesquieu)

Gabriela – vamos chamá-la, enfim, por seu verdadeiro nome – estava sumamente pálida; mas também muito tranqüila. Aquela calma era sinal de sua inocência, ou comprovava a insensibilidade própria dos grandes criminosos? Confiava a viúva de Dom Alfonso na força de seu direito ou na debilidade de seu juiz?

Logo tirei as dúvidas.

A acusada não havia olhado até então mais senão para

Zarco, não sei se para infundir-lhe coragem e ensinar-lhe a dissimular, se para ameaçá-lo com perigosas revelações ou se para dar-lhe testemunho que sua Branca não podia haver cometido um assassinato... Mas, observando sem dúvida a tremenda impassibilidade do Juiz, deve ter sentido medo, e olhou aos demais concorrentes, como se buscasse em outras simpatias auxílio moral para sua boa ou sua má causa.

Então viu a mim, e uma chama de rubor, que me pareceu de bom presságio, tingiu de escarlate seu semblante.

Mas rapidamente se recompôs, e voltou à sua palidez e tranqüilidade.

Zarco saiu enfim do estupor em que estava metido, e, com voz dura e áspera como a espada da Justiça, perguntou a sua antiga amada e prometida esposa:

— Como se chama?

— Gabriela Zarco del Valle de Gutiérrez del Romeral — contestou a acusada com doce e repousado tom.

Zarco tremeu ligeiramente. Acabava de ouvir que sua Branca não havia existido nunca, e isso dito por ela própria! Ela, com quem três horas antes havia acertado de novo o antigo projeto de matrimônio!

Por fortuna, ninguém olhava para o Juiz, pois todos tinham fixa a vista em Gabriela, cuja singular formosura e suave e pacífica voz consideravam-se como indícios de inculpabilidade. Até o simples traje preto que levava parecia declarar em sua defesa!

Reposto de sua perturbação, Zarco disse com formidável inflexão, e como quem joga de uma vez todas as suas esperanças:

— Coveiro: aproxime-se e faça seu ofício abrindo esse ataúde...

E lhe mostrava a caixa negra em que estava fechado o crânio de dom Alfonso.

— Senhora... — continuou, olhando a acusada com olhos de fogo —, aproxime-se e diga se reconhece essa cabeça!

O coveiro destapou a caixa, e a apresentou aberta à enlutada viúva.

Esta, que havia dado dois passos adiante, fixou os olhos no interior do chamado ataúde, e a primeira coisa que viu foi a cabeça do prego, destacando-se sobre o marfim da caveira...

Um grito dilacerador, agudo, mortal, como os que arranca um medo repentino ou como os que precedem à loucura, saiu das entranhas de Gabriela, a qual retrocedeu espantada, arrepiando os cabelos e tartamudeando à meia voz:

— Alfonso! Alfonso!

E em seguida ficou como estúpida.

— É ela! — murmuramos todos, voltando-nos para Joaquim.

— A senhora reconhece, pois, o prego que causou a morte a seu marido? — acrescentou o Juiz, levantando-se com terrível gesto, como se ele mesmo saísse da sepultura...

— Sim, senhor... — respondeu Gabriela maquinalmente, com entonação e gesto próprios da imbecilidade.

— Quer dizer, a senhora declara haver cometido o assassinato? — perguntou o Juiz com tal angústia que a acusada voltou a si, estremecendo-se violentamente.

— Senhor... — respondeu então —. Não quero viver mais! Mas antes de morrer, quero ser ouvida...

Zarco se deixou cair na poltrona como aniquilado, e olhou-me como se perguntasse: Que vai dizer?

Eu estava também cheio de terror.

Gabriela soltou um profundo suspiro e continuou falando deste modo:

— Vou confessar, e minha própria confissão consistirá em minha defesa, se bem que não seja suficiente para livrar-me do patíbulo. Escutem todos. Por que negar o evidente? Eu estava só com meu marido quando ele morreu. Os criados e o médico devem ter declaro assim. Portanto, só eu pude dar-lhe morte do modo como há revelado sua cabeça, saindo para isso da sepultura... Declaro-me, pois, autora de tão horrendo crime!... Mas saibam que um homem obrigou-me a cometê-lo.

Zarco tremeu ao escutar estas palavras: dominou, contudo, seu medo, como havia dominado sua compaixão, e exclamou valorosamente:

— Seu nome, senhora! Diga-me logo o nome desse desgraçado!

Gabriela olhou para o Juiz com fanática adoração, como uma mãe para seu atribulado filho, e acrescentou com melancólico acento:

O Prego 153

— Poderia, com uma só palavra, arrastá-lo ao abismo em que me fez cair! Poderia arrastá-lo ao cadafalso, para que não permanecesse no mundo, para maldizer-me talvez ao casar-se com outra!... Mas não quero! Calarei seu nome, porque me amou e eu o amo! E amo-o, embora saiba, que não fará nada para impedir a minha morte!

O Juiz estendeu a mão direita como se fosse se adiantar...

Ela lhe repreendeu com um olhar carinhoso, como lhe dizendo: Não vá se perde!

Zarco baixou a cabeça.

Gabriela continuou:

— Casada à força com um homem que me aborrecia, com um homem que se fez ainda mais enfadonho depois de ser meu esposo, por seu mau coração e por seu vergonhoso estado..., passei três anos de martírio, sem amor, sem felicidade, mas resignada. Um dia quando dava voltas pelo purgatório de minha existência, buscando, como inocente, uma saída, vi passar, através dos ferros que me aprisionavam, um desses anjos que libertam as almas já merecedoras do céu... Agarrei-me à sua túnica, dizendo-lhe: Dê-me a felicidade... E o anjo me respondeu: Você já não pode ser feliz! – Por quê? – Porque não o é. Quer dizer, o infame que até então tinha me martirizado, impedia-me de voar com aquele anjo ao céu do amor e da ventura! Concebe-se absurdo maior que o deste raciocínio do meu destino? Eu o direi mais claramente. Havia encontrado um homem digno de mim e de quem eu era digna; nós nos amávamos, nos adorávamos; mas ele, que ignorava a existência de meu mal falado esposo; ele, que desde o começo pensou casar-se comigo; ele, que não transigia com nada que fosse ilegal ou impuro, ameaçava me abandonar se não nos casássemos! Era um homem excepcional, um exemplo de honradez, um caráter severo e nobilíssimo, cuja única falta na vida consistia em haver me querido muito... Verdade é que íamos a ter um filho ilegítimo; mas também é certo que nem por um só instante o cúmplice de minha desonra deixou de exigir-me que nos uníramos perante Deus... Tenho certeza de que se eu lhe tivesse dito: Eu o enganei: não sou viúva; meu esposo vive..., teria se afastado de mim, odiando-me e maldizendo-me. Inventei mil desculpas, mil sofismas, e a tudo respondia: Seja minha esposa! Eu não podia sê-lo, pensou que não queria, e começou a odiar-me. Que fazer? Resisti, chorei, supliquei; mas ele, mesmo sabendo que tínhamos um filho, repetiu-me que não voltaria a me ver até que eu lhe desse minha mão. Pois bem: minha mão estava vinculada à vida de um homem ruim, e entre matá-lo ou causar a desventura de meu filho, a do homem que adorava e a minha própria; optei por arrancar sua inútil e miserável vida àquele que era o nosso verdugo. Matei, pois, a meu marido..., acreditando executar um ato de justiça no criminoso que havia me enganado infamemente ao casar-se comigo, e — castigo de Deus! — abandonou-me meu amante... Depois voltamos a nos encontrar... Para que, meu Deus? Ah! Que eu morra logo!... Sim! Que eu morra logo!

O Prego 155

Gabriela se calou por um momento, afogada pelo pranto.

Zarco havia deixado cair a cabeça sobre as mãos, como se meditasse; mas eu via que tremia como um epilético.

– Senhor Juiz! – repetiu Gabriela com renovada energia –: Que eu morra logo!

Zarco fez um sinal para que levassem a acusada.

Gabriela se afastou com passo firme, não sem dirigir-me antes uma olhada espantosa, em que havia mais orgulho que arrependimento.

XVI – A sentença

Inútil referir a formidável luta que se desencadeou no coração de Zarco, e que durou até o dia em que a causa deixou de despertar interesse. Não teria palavras para fazê-los compreender aqueles horríveis combates... Só direi que o magistrado venceu ao homem, e que Joaquim Zarco voltou a condenar à morte Gabriela Zahara.

No dia seguinte foi remetido o processo em consulta à Audiência de Sevilha, e ao próprio tempo Zarco se despediu de mim, dizendo-me estas palavras:

– Espere-me aqui até eu voltar... Cuide da infeliz, mas não a visite, pois sua presença a humilharia em vez de consolá-la. Não me pergunte aonde vou, nem tema que cometa o feio delito de suicidar-me. Adeus e perdoe-me as aflições que causei a você.

Vinte dias depois, a Audiência do território confirmou a sentença de morte.

Gabriela Zahara ficou à espera da execução.

XVII – Última viagem

Chegou a manhã da execução sem que Zarco tivesse regressado nem se tivesse notícias dele.

Uma imensa turba aguardava à porta da prisão a saída da sentenciada.

Eu estava entre a multidão, pois havia acatado a vontade de meu amigo não visitando Gabriela em sua prisão, porém acreditava ser meu dever representar Zarco naquele supremo transe, acompanhando a sua antiga amada até o pé do cadafalso.

Ao vê-la aparecer, custou-me reconhecê-la. Havia emagrecido horrivelmente, e mal tinha forças para levar a seus lábios o crucifixo, que beijava a cada momento.

– Aqui estou, senhora... Posso servir-lhe de algo? – perguntei-lhe quando passou perto de mim.

Cravou em minha face seus murchos olhos, e quando me reconheceu, exclamou:

– Oh! Obrigada! Obrigada! Que consolo tão grande o senhor me proporciona em minha última hora! Padre! – acrescentou, voltando-se a seu confessor –: Posso falar rapidamente algumas palavras com este generoso amigo?

— Sim, minha filha... — respondeu-lhe o sacerdote —; mas não deixe de pensar em Deus...

Gabriela me perguntou então:

— E ele?

— Está ausente...

— Que Deus o faça muito feliz! Diga-lhe, quando o vir, que me perdoe, para que me perdoe Deus. Diga-lhe que ainda o amo..., ainda que amá-lo é a causa de minha morte...

— Quero ver a senhora resignada...

— Já estou! Quanto desejo chegar à presença de meu Pai Eterno! Quantos séculos penso passar chorando a seus pés, até que me reconheça como sua filha e me perdoe meus muitos pecados!

Chegamos ao pé da escada fatal...

Aí foi preciso separar-nos.

Uma lágrima, talvez a última que ainda restava naquele coração, umedeceu os olhos de Gabriela, enquanto seus lábios balbuciaram esta frase:

— Diga-lhe que morro bendizendo-o...

Naquele momento sentiu-se viva algazarra entre a turba..., até que por fim perceberam-se claramente as vozes de:

— Perdão! Perdão!

E por um largo caminho que abria a multidão viu-se avançar um homem a cavalo, com um papel em uma mão e um lenço branco na outra...

Era Zarco!

— Perdão! Perdão! — vinha gritando também ele.

Pôs por fim o pé na terra e, acompanhado do chefe do espetáculo, adiantou-se até o patíbulo.

Gabriela, que já havia subido alguns degraus, deteve-se: olhou intensamente a seu amante, e murmurou:

— Bendito seja.

Em seguida desmaiou.

Lido o perdão e legalizado o ato, o sacerdote e Joaquim correram a desatar as mãos da indultada...

Mas toda piedade era já inútil... Gabriela Zahara estava morta.

XVIII – Moral

Zarco é hoje um dos melhores magistrados de La Habana.

Casou-se e pode considerar-se feliz; porque a tristeza não é desventura quando não se fez conscientemente dano a ninguém.

O filho que acaba de dar-lhe sua amantíssima esposa dissipará a vaga nuvem de melancolia que escurece às vezes a frente de meu amigo.

Cádiz, 1853

Tradução e revisão
Iara de Souza Tizzot

Capa
Rafael Silveira

Alarcón, Pedro Antonio de
    O capitão veneno e O prego / Pedro Antonio de Alarcón; tradução de Iara de Souza Tizzot. -- Curitiba: Arte & Letra, 2009.
    160 p. ; 15 x 20 cm
    ISBN 978-85-60499-15-1
    1. Ficção espanhola. I. Tizzot, Iara de Souza. II. Títulos.

    CDD 863
    CDU 821.134.2(460)